Hans Hauer

Der Pfeifer von der Sierning:

Bauerntragödie in fünf Aufzügen

Hans Hauer

Der Pfeifer von der Sierning:
Bauerntragödie in fünf Aufzügen

ISBN/EAN: 9783742898067

Hergestellt in Europa, USA, Kanada, Australien, Japan

Cover: Foto ©Andreas Hilbeck / pixelio.de

Manufactured and distributed by brebook publishing software
(www.brebook.com)

Hans Hauer

Der Pfeifer von der Sierning:

Der

Pfeifer von der Sierning.

Bauerntragödie in fünf Aufzügen

von

Hans Hauer.

Wien, 1899.
Verlag von Friedrich Schalk,
VI., Mariahilferstraße 97.

————————◄•►•►————————

Deutsche Zeitung. Wer uns das innere und äußere
Leben des Landvolkes darstellen will, wirkt gleich dem Maler
desto wahrer und verläßlicher, auf eine je kleineren Bezirk
er sich von vornherein beschränkt. So ein ganz engumgrenztes
Pfarrvölklein ist fast wie ein einziges Individuum, und dir
selber dünkt es als wahrscheinlich, daß du gegebenen Falles
alles das an dir miterleben könntest, was dir über solch ein
Völklein in der Dichtung vorgeführt wird. Ein größeres Volk
hingegen vereinigt Menschen und Menschengruppen der ver-
schiedensten innerlichen Artung und äußerlichen Lage; und
spiegelt sich dieses Bunte in der Poesie, so vermissen wir in
derselben sehr leicht jene organische, fast individuelle Einheit,
mit der wir uns als Leser so bald identificieren können, die
uns unmittelbares Interesse abgewinnt.

Hauer dichtet nicht oberflächlich-allgemein in „österreichisch-
deutscher Gebirgsmundart“, er ist kein Wiener Tourist, der
als „oberösterreichischer“ Dialektdichter in den Salon heimge-
kehrt ist. Hauer ist sammt seiner Muse nach Sieding zuständig,
einem Dorfe am Fuße des Schneeberges in Niederösterreich.
Aus des Dichters „G'sang'ln“ ließe sich seine ganze Biographie
zusammenstellen, angefangen vom Kühhalten und Streurechen
bis zu dem Momente, wo er — ein Herr geworden ist. Über
das „Herrenleben“ gibt ihm seine Siedinger Muse nichts

(Fortsetzung auf der 3. Umschlagseite.)

Der

Pfeifer von der Sierning.

Druck von Kreisel & Gröger in Wien.

Der

Pfeifer von der Sierning.

Bauerntragödie in fünf Aufzügen

von

Hans Hauer.

Wien.

Verlag von Friedrich Schalk, VI., Mariahilferstraße 97.

1899.

Betreffs Schreibung einiger mundartlicher Wörter gilt:

a vor Mitlauten für ein, eine,
an' vor Selbstlauten für eine und sonst wie
an'n für einen und wie
am für einem,
aner für einer;
af für unbetontes auf;
ah für auch und das Empfindungswort;
bam für bei dem,
ban für bei den;
Bua(m) für Bube(n), Bursche(n),
Büawerl, Kosewort;
d' für du, der, die; Vorsilbe
der ... für er ...;
di für dich;
dö für diese,
dös für dieses;
eahm für ihm,
eahn für ihnen;
eh' für ehe, ohnehin;
enk für euch;
frei für beinahe;
hiatzt für jetzt;
i'n für ich ihn;
is für ist,
is's für ist es;
ka' vor Mitlauten für kein, keine,

kan' vor Selbstlauten für keine und sonst wie
kan'n für keinen und wie
ka'm für keinem,
kaner für keiner,
kans für keines;
kunnt' für könnte;
'leicht für vielleicht:
ma' für man, auch für nachgestelltes wir;
ma'n für man ihn, bezw. wir ihn;
mi für mich;
na' für nein:
neamt für niemand,
nit für nicht;
nu' für nun;
öpper für etwa;
ös für ihr;
oft für dann, nachher;
p'hiat' für behüte;
's für es, ös, das, des;
f' für sie;
sein hie und da für sind;
süst für sonst,
umasist für umsonst;
   Zusammenziehungen wie:
hast für hättest,
thast für thätest,
wern für werden,
worn für geworden;
g'rett' für gerettet u. s. w.

Perſonen.

Hirſchwanger Jörgl, Großbauer und Bürgermeiſter im
    Sierningthal.

Blochbauer Ferdl, Großbauer.

Traudl, deſſen Weib.

Michl, deren Sohn.

Mehringer Veitl, Halblehner.

Wawerl, deſſen Weib.

Mirzerl,
Reſerl, } deren Kinder.

Traidhofer Hias, Mehringers Nachbar und Kleinhäusler.

Jakl, Sohn
Sefferl, Tochter } desſelben.

Moſtler Zenz, Wirt am Sierningbache oberhalb des Dorfes,
    kurz „der Bachwirt“ genannt.

Kathi, deſſen Weib.

Hans, deren Sohn, „der Pfeifer von der Sierning“
    genannt.

Waſſerling, Dorfwirt gegenüber der Kirche, auch „Kirchen-
    wirt“ genannt.

Liſi, deſſen Weib.

Sag-Simerl, Sägemeiſter in der Holzſäge und Bruder der
    Bachwirtin.

Jula, deſſen Weib.

Klecker Juſtinian, Gemeindeſchreiber.

Mirtl, der Hochzeitshüter.

Ein Gerichtsdiener.

    Weiters: Kirchtagsbeſucher aller Art, Wirtshaus-
und Hochzeitsgäſte, Aushilfskellner und -Kellnerinnen, Holzknechte und Volk.

    Ort der Handlung: Ein Thal an der niederöſterreichiſch-
ſteieriſchen Grenze.

    Zeit: Ein Sommer des vergangenen Jahrzehntes.

(Zwiſchen den einzelnen Aufzügen liegt ein Zeitraum von
ungefähr 2—3 Wochen.)

Erster Aufzug.

(**Kirchenplatz im Pfarrdörflein.** Im Hintergrunde der prächtig geschmückte Eingang in die Kirche, links und rechts*) desselben und seitlich nach vorne zu Krämerläden und Lebzelterstände. Die vordere Bühnenhälfte nimmt das theilweise durch einen Zaun gegen den Kirchenplatz hin abgegrenzte Dorfwirtshaus ein. Das nur mit der Stirnseite sichtbare Gebäude mit seinem Eingange befindet sich rechts vorne. Hinter demselben der Hof mit dem Eingangsthürl; mitten der gebühnte Tanzplatz; linker Hand der Tisch für die Spielleute und links und rechts desselben einige kleinere Tische für Gäste.)

Erster Auftritt.

(**Kirchtag.** Das Hochamt ist zu Ende. Die Kirchenbesucher treten aus dem Hauptthore der Kirche an die Verkaufsbuden heran, um daselbst Einkäufe zu machen. Beim **Kirchenwirt** spielen die Spielleute, unter denen sich **Hans Mostler** befindet, bereits einen Ländler als Vorspiel auf, der größtentheils noch bei geschlossenem Vorhange vernehmbar ist; **Lisi, Kellner** und **Kellnerinnen** bringen Wein.)

W i r t (aus dem Hause kommend).

Kruzitheugeigen noch einmal! Blast's fort, Spielleut', blast's fort! Nit ein einziger Gast noch da und 's Hochamt schon vorüber! (Zur Lisi, die soeben aus dem Hause kommt.) Und du — du schau', daß d' in die Kuchl hineinkimmst! Treib die Köchinnen g'hörig an und richt' 's Essen alles her, daß was da is, wann ma' was braucht!

---

*) Rechts und links stets vom Zuschauer aus.

Lisi.

J bitt' di um Gott's willen, mach' kan'n solchen Lärm und unnöthigen Aufruhr! So viel is schon 'kocht, dass's d'Leut' nit einmal essen können; denn sie haben bei den theu'ren Zeiten eh' ka' Geld oder lassen wenigstens nix aus.

Wirt.

So? — Schau' einmal 'nüber zu den Kramer= ständen, wie s' Meth trinken und Lebzelten kaufen und Mundharmonikas, Kitteln und Fürta, Bandeln und Zwirn und, weiß der Teuxel, was noch für Teuxelszeug in der Welt. Zu mir schaut kaner her= über!

Lisi.

Du Neidgrampen! Kaufen müssen doch die Burschen ihren Dirnd'ln an' Kirta oder d'Eltern ihren Kindern und denen, die z'Haus bleiben haben müssen, an' Kirta oder a Glaserl Meth.

Wirt.

Ei was, wann heunt wieder Alles umasist herg'richt' und 'braten worn is, often setz' i dir, meiner Seel', die Schmalzpfann' auf'n Kopf aufi!

Lisi.

Gott im Himmel, red' nit so was daher! Wie leicht kannst di versünden und an' Unglück is fertig. (16.)

Wirt.

Hör' mir auf, du Rabenvieh von an' Unglücks= vogel! Zu solchen Dummheiten haben s' a Geld, aber

2

daß s' den Kirchenwirt ah leben ließeten, das fallet eahn im Schlaf' nit ein. (Zu den Spielleuten.) Spielt's auf was, Leut', damit dö Bauernschädeln wenigstens hören, wo 's Wirtshaus steht. Mir scheint, sie haben gar schon vergessen, daß 's noch ein's gibt. (Während die Spielleute neuerlich einen Ländler blasen, rückt er lärmend die Stühle zurecht, schlägt die Gläser aneinander, daß sie klingen, und singt, um die Aufmerksamkeit noch mehr auf sein Wirtshaus zu lenken, schließlich sogar nach der Musik einige Vierzeiler mit:)

Buam, Kirta is, Kirta kauft's,
Oft liab mit 'n Dirnderln rauft's,
Aber ja nit Buam untersand (untereinander),
War' schad' um an jeden Zand;
    Holodio. (Strampft mit den Füßen.)

Kommt's tanzen her, Dirnderln all',
Da rennt's in koan'n (keinen) Sündenfall,
Nur drob'n im Wald, drin' im Mais,
Wird's g'fährlich oft, Dirnderln, heiß;
    Holodio.

Geht's, Buam, a guat's Weinderl trinkt's,
Daß 's kecker den Dirnderln winkt's;
Geg'n d'Nacht oft erst geht's mir hoam,
So stad, als 's könnts, und schön g'hoam;
    Holodio.

(Allmählich näherten sich einige Burschen und Männer dem Tanzplatze.)

Wirt.

Kommt's herein, Leut'l, und trinkt's an' guaten Wein! Schweinerne Brateln, saftige Schnitzeln und grüner Häuptlsalat, — alles is da, was Hunger und Durst verlangt. Kommt's herein, Burschen, der Tanzboden is mehr als fest und schön herg'wichst.

1*

Zweiter Auftritt.

(Vorige, Michl und Jakl und mehrere Burschen. Sag-Simerl und andere
Männer treten auf und lassen sich einen Stehwein geben; die Burschen
trinken einander zu und beginnen Vierzeilige zu singen, deren Weisen die
Musikanten nachspielen. Nach und nach kommen auch die Mädchen, unter
diesen Mirzerl und Sefferl, schüchternd und zaudernd auf den Tanzboden
und werden von den Burschen mit einem Trunke bewillkommt.)

Einige Burschen.
Wirtshaus, an' Wein her!

Wirt (auf die Tische neben den Spielleuten weisend).
Da stehen schon lauter volle Gläser, Kannen und
Krüg' und alle warten af enk.

Erster Bursche (anstoßend).
Sollst leben!

Zweiter Bursche (erwidernd).
Zur Gesundheit!

Michl (zur Mirzerl mit dem Kruge).
Sollst leben, Mirzerl!

Mirzerl.
Auf dei' Wohlsein, Micherl! (Sie trinkt.)

Michl.
G'segn' dir's Gott, Mirzerl.

Die Burschen (singen).
Mei' Herz is ka' Kirta,
Aus Lebzelten g'macht,
Drum laßt mi mei' Dirnderl
Heunt fensterln af d'Nacht;
Duidaido, duidiado.

Lebhaft nach einander, beinahe in tempo.

4

Viel süaßer is 's Busseln
Als Zelteln und Meth,
's verdirbt am kan'n Magen
Und 's verschlagt am ka' Red';
Duidaido, duidiado.

Aus Lebzelten Reiter —
Ka' Dirnderl mag s' haben,
A Herz is viel g'scheiter
Und war's noch so schwer z'tragen,
Duidaido, duidiado.

(Zugleich mit dem Spiele des letzten Vierzeiligen beginnt der allgemeine Tanz. Jakl und Mirzerl bilden ein Paar, während Michl ohne Mädchen übrig bleibt und allein tanzt. Letzterer hält sich hiebei stets in der Nähe Mirzerls, klatscht mit den Händen und entreißt gegen den Schluß des Tanzes dem Jakl die Tänzerin.)

Michl (zu Jakl).

J glaub', daß i a bisserl mehr Anrecht af d'Mirzerl hab' als du?

Jakl (den Michl an der Brust packend).

Als i? Oho, das muß sich erst weisen, Hasen-schrecker!

Michl (den Jakl zurückstoßend).

Du rühr' mi nit an, sist druck' i di z'sam'!

Jakl.

Du — mi? Da g'hören zween dazu!

Michl.

Der ane bin i, der andere bist du!

Jakl.

Der erste, der liegt, wirst aber du sein! (Packt neuerlich den Michl beim Brustlatz.)

Michl (den Jakl gleichfalls fassend).

Willst aufhören oder nit? (Sie ringen miteinander, ohne daß einer den andern zu Boden zu bringen vermag.)

Jakl.

Haft g'meint, weil's d' der Blochbäuriiche bift?

Michl.

Und du der Rauf=Jakl?

Mirzerl.

Um Gott's willen! Wirt — Buam — Sag=Simerl, kommt's zur Hilf', wehrt's ab!

Sefferl.

Jakl, schamft di nit! Wart', i hol' g'schwind den Vatern, daß er dir 's Wilde aberpußt. (Ab.)

Wirt
(aus dem Hause kommend und rasch die Ringenden auseinander stoßend).

Wann's raufen wollt's, geht's hinaus beim Loch und bleibt's nit da auf meinem Tanzboden. J bin verantwortlich für Alles und bezahl' d'Musiklicenz!

Jakl.

Geh' her, Micherl, wann's d' a Schneid haft!

Michl.

Dö haben wir!

Jakl.

So gehen wir z'ruck in den Hof vom Wirtshaus und brusten wir selben, wer von uns zween den Kürzeren zieht.

Michl.

Recht is's, i bin dabei! War' traurig, wann i nit der Herr bliebet. (Beide nach rechts ab hinter das Wirtshaus.)

Erster Bursche (den Jakl zurückhaltend).

Seid's nit so kindisch!

Jakl (sich losreißend).

Laß' mi aus! I oder er! (Ab.)

Zweiter Bursche (den Michl zurückhaltend).

Wegen so einer Dummheit!

Michl (gleichfalls ausreißend).

I bin ah ka' Lethfeigen! (Ab.)

Wirt.

Laßt's bö narrischen Kerln gehen! I werd' mir nit mei' Festlichkeit und mei' G'schäft stören lassen.

Sag-Simerl
(der sich fleißig in der Nähe seines Neffen Hans aufgehalten).

Wär' ah schad' wegen solcher Raufhanseln da!

Wirt.

Spielleut', an' lustigen Steirischen blast's, derweil sich die zwei Dummköpf' draußen eahnere Schädeln zerschlagen.

Mirzerl.

Wie die kleinen Kinder, so kindisch sein s'.

Die Burschen
(singen wieder einige Vierzeiler, deren Weisen die Spielleute nachspielen)

Dö Strohköpf' soll'n raufen
Um's Dirnderl, wem's g'hört,

7

Aj d'Letzt kimmt's noch außer,
Dass's selten was wert;
Holariro, direiro.

Wir brauchen ka' Schöne,
A Fleißige nur,
Zum Schlafen und Faulsein
Kimmt's selten dazua;
Holariro, direiro.

G'nug z'essen und trinken
Is unser Begehr'n,
Was drüber is, lass' ma'
Für d'noblichen Herrn;
Holariro, direiro.

(Nach dem letzten Vierzeiligen beginnt mit dem Spiele zugleich wieder der
Tanz, wobei Hans, ein flinker, geschmeidiger Bursche, rasch vom Spieltische
zur Mirzerl hervortritt und unter gleichzeitigem Blasen seiner Clarinette bald
mit ihr, bald um sie herumtanzt.)

Sag=Simerl
(dem Paare Beifall klatschend und mithüpfend).

So was lass' i mir g'fallen! Die zwei passen zu=
sammen! 's ja, ja, ja — so, so, so!

(Nach dem Tanze reichen die Burschen ihren Tänzerinnen einen Trunk.)

Hans (die Mirzerl um die Hüften nehmend).

Wenn zwei streiten, heißt's, g'freut sich der dritte:
Mirzerl, bist mei' Dirnderl.

Sag=Simerl.

So was, Mirzerl! Das is der Richtige, und nit
aner von die zwei Raufhansln draußen.

Hans.

Dö Lümmeln! Mei' Mirzerl kränkt sie eh' nit um sie!

8

Mirzerl.

Na', kunnt' mir ah gar nit einfallen! Hahaha, — weil der eine mit mir tanzt, wird der andere fuchs=teufelswild, und jetzt raufen s' drüben im Hof auf Leben und Tod. Und hat kaner an Anrecht af mi, weil i kan' was versprochen hab'.

Hans.

Das g'freut mi, du herzige Mirzerl! A lustiger Spielmann is ah viel lustiger!

Mirzerl.

J möcht' ja eh' kan'n von beiden drüben haben.

Sag=Simerl.

War' ah schad' um di, Mirzerl, wann du dir kann besseren und zarteren Menschen wußtest, als so an grobbeinigen Buam, wie jeder von dö zwei Raufer drüben is.

Dritter Auftritt.

(Vorige ohne Sefferl, Jakl und Michl: **Wirtin**, durchs Hofthürl herein=stürzend, später **Michl** mit verbundenem Kopfe.)

Wirtin.

Herein — um Gott's willen, kommt's doch z'Hilf'! Drenten beim Brunngrand liegt der Traidhofer Jakl mit eing'schlagener Hirnschalen.

Wirt.

Herrschafts=Erdboden, haben dö Buam richtig g'rauft!

Wirtin.

Daß eahn 's Bluat allen zween nur herunterrinnt!

Sag=Simerl.

Lauft's g'schwind einer, Buam, um den Burger=
meister hinüber. (Einer ab.)

Mirzerl.

Maria und Anna, i bin unschuldig! Is der Jakl
öpper gar todt, Wirtin?

Wirtin.

I kunnt's wuhl nit sagen, aber rühren thut er sich
nimmer.

Sag=Simerl.

Das is's eben, wann der vermaledeite Kirta is:
ohne Bluat geht's bei derer heiligen Zeit nit ab! D'rum
alterier' di nit, Mirzerl, du hast eahn 's Raufen nit
g'schafft, du bist unschuldig.

Mirzerl (weinerlich).

Mir derbarmet aber doch der Jakl, wann eahm was
g'scheh'n war'; und ah sei' Schwester, d'Sesserl, mei'
Kameradin.

Hans.

Spielen und tanzen wir lieber weiter, daß ka'
solches Aufsehen wird! (Er beginnt zu pfeifen und die anderen
Spielleute fallen ein, aber es wird dabei nicht getanzt.)

Michl
(zurückkommend, geht schnurgerade auf Mirzerl zu und nimmt sie gewaltsam
zum Tanze).

Der Herr bin i blieben! (Entsetzen und Empörung über das
beispiellose Gebaren Michls nach der vermeintlichen Mordthat.)

Sag=Simerl
(deutet den Spielleuten einzuhalten, welche sofort seiner Aufforderung nach=
kommen).

Hört's auf vom Spielen! So a G'waltthat!

Erſter Burſche.
A ſchöne Unterhaltung dös!

Zweiter Burſche.
Allemal wegen der vermaledeiten Menſcher da!

Sag-Simerl.
Und da will der Menſch (auf Michl deutend) tanzen ah noch!

Burſchen (empört).
Mörder! Todtſchläger! (Sie nehmen eine drohende Haltung ein.)

Michl (ſchwer athmend).
Wer? J?

(rechts seitlich:) Raſch nacheinander.

Vierter Auftritt.
Vorige und Bürgermeiſter, welcher eiligſt durch den offenen Gartenzaun hereinkommt.)

Bürgermeiſter.
A Ruh' will i haben! Alſo derſchlagen is wieder aner worn? Wo is denn der Michl vom Blochbauern?

Michl (leck vortretend).
Sein thaten's wir da!

Bürgermeiſter.
Schauſt lieb und ſauber aus! Du haſt alſo den Traidhofer Jakl derſchlagen! A Laugnen wär' da wohl überflüſſig!

Michl.
J? So wahr a Gott im Himmel is, i hab'n nit derſchlagen.

11

Bürgermeister.

Ha, hätt' er sich öpper selber derschlagen?

Michl.

Jawohl dös, und zwar durch Zufall.

Bürgermeister.

So schön? Schau' dir da her!

Michl.

Daß wir g'rauft haben, dös gib i ja zu, aber derschlagen hab' i den Jakl nit, sondern wie wir beim
Herumsetzen und -rausen durch'n Hof z'ruck zum
Brunn kommen, mach' i g'schwind hinter den Grand
an Sprung z'ruck und weich' eahm aus, der Jakl
aber rutscht aus oder stolpert und fallt mit seinem
Hirn so unglücklich auf's Eck vom steiner'n Brunngrand, daß er gleich liegen 'blieben is und sich
nimmermehr g'rührt hat, — hab'n also da i derschlagen?

Bürgermeister.

Aber d'Mitursach' bist g'wesen! Ja, und 'leicht
hast du absichtlich die ganze Rauferei zum schlüpfrigen
Brunnplatz hin z'ruckg'spielt! D'rum vorwärts, du
gehst hiatzt mit mir augenblicklich auf's Bürgermeister-
amt, ohne Widerred'! (Zum Wirte.) Und du, Kirchenwirt, stellst sofort dei' Musi und d'Unterhaltung ein!

Wirt.

So, zu was hätt' i denn mir oft gestern d'Musilicenz g'löst und 'zahlt?

Bürgermeister.

Unter derer Bedingung hast du f' nur 'kriegt, daß niz Ung'höriges bei dir vorfallt. Oder war' dir bös noch z'wenig, wann bei dir einmal schon aner derschlagen worn is?

Wirt.

Bei Leib' nit, im Gegentheil', neamt war' froher wie i, wann bei mir da überhaupt nit g'rauft wurb'; denn mei' Geld hab' i nit g'stohlen und mei' Musilicenz nit umasist 'zahlt, und wann i an einem solchen Tag wie heunt ka' G'schäft mach', hab' i eh' 's ganze Jahr niz zu derwarten. -

Bürgermeister.

Häst besser auf'paßt und achtgeben af deine Gäst! (Zu diesen.) Also auseinander, Leute! Mit der Tanzerei hat's für heunt an End'; i lass' enk fünf Minuten Zeit zum Zahlen. (Zu den Spielleuten.) Und öß, Spielleut', geht's mir augenblicklich aus'm Wirtshaus hinaus, heunt wird niz mehr 'blasen, i verbiet' mir das!

Wirt (lebhaft mit der Geldeinnahme beschäftigt).

Da müssen die G'schäftsleut' z'grund' gehen, ob s' wollen oder nit! Aber zum Glück' mit eahn ah dann die Bauern, weil die allein die Bluat= und Geldsteuer sicherlich nit zu zahlen imstande sind.

Bürgermeister.

Sorg' di nit d'rum, die G'schäftsleut' halten die Bauern nit aufrecht, sondern umg'kehrt is ah g'fahren.

Wirt.

Mir is's recht!

Erster Bursche (unwillig).

Was! Mit der Unterhaltung war's aus?

Zweiter Bursche.

Auf die Weis' hätten wir nit an' einzigen Tag 's ganze Jahr hindurch, wo wir lustig sein könnten?

Bürgermeister.

Is nit mei' Schuld, dass's so weit kommen is!

Sag=Simerl.

Kränkt's enk nit, Buam, wir gehen zum Bach= wirt hinein.

Wirt (auf ihn los).

Du abdrehter Strick, du willst mir d'Leut' ah noch abreden!

Bürgermeister (dreinfahrend).

A Ruh' will i haben! J brauch' ka' zweite Rauferei! (Zu den Gästen.) Vorwärts, Leutel, und zieht's nit so lang' herum! (Alle stummen und Nebenspieler gehen nach und nach ab.)

Wirt.

So! — J empfehl' mi, Herr Bürgermeister! (Tritt ärgerlich mit einem verächtlichen Seitenblicke ins Haus ab.)

Bürgermeister.

Also, feiner Micherl, wir gehen hiatzt! (Zum Sag=Simerl:) Ja richtig, du, Simerl, bleib' a wen'g da, i führ' nur den Michl in'n Arrest hinüber; i kimm' dann gleich wieder z'ruck und nimm 's Protokoll über'n

14

Traidhofer Jakl auf. Daß mir'n ja nit wer anrührt oder wegtragt vom Platz', wo er liegt, bevor i wieder da bin!

Sag=Simerl.

Da schau', Herr Bürgermeister, da kommen g'rad' sei' Vater und sei' Schwester daherg'rennt.

Fünfter Auftritt.

(Vorige ohne die Abgegangenen, Traidhofer Hias und seine Tochter Sefferl, welche jammernd und weinend den Tanzplatz betreten.)

Traidhofer.

Um Gott's willen, Bürgermeister, war's richtig wahr, was ma' schon überall derzählen hört? Mei' Jakl war' derschlagen wor'n von dem Haderlumpen da? (Er stürzt auf Michl los, der aber rasch ausweicht.)

Sefferl.

Mei' armer Bruder!

Mirzerl (zur weinenden Sefferl).

Mußt di nit kränken! Sei guat, Sefferl! (Sucht sie zu trösten.)

Traidhofer.

Den Wildling, — gleich möcht' i'n ah derschlagen, wann i kunnt'!

Bürgermeister (abwehrend).

Besänftig' di, Traidhofer, und tröst' di; 'leicht lebt der Jakl eh' noch, i weiß's ja nit.

Traidhofer.

Wo is er denn, mei' armer Jakl?

Bürgermeister.

Schaut's hinüber in den Hof. (Traidhofer und Sefferl rasch dahin ab.) I muß g'schwind den Michl da in Arrest abführen. (Zum Sag-Simerl:) Und du, Simerl, geh' mit eahm mit hinüber zum Brunn'; wegen was, weißt eh' schon. (Ab mit Michl.)

Sag-Simerl.

So gehen wir halt in Gottes Namen, Traidhofer, so g'schwind als wir können, — ha, der is schon fort, und hoffen wir 's Beste. (Ab.)

Hans
(zur Mirzerl, welche ihre Thränen mit der Schürze trocknet).

Kränt' di nit, Mirzerl, und guck mi an! Schau, hiatzt sein wir zufällig ganz allein da am Tanzboden.

Mirzerl.

Wirklich wahr und frei g'spaßig wär's! Aber ganz derschrocken und verzagt bin i, wann der Jakl richtig todt war'.

Hans.

Aber, Mirzerl, was kümmert di der Jakl, der rauf-süchtige und grobbeinige Mensch?

Mirzerl.

Sei' Schwester derbarmet mir halt recht.

Hans.

Mirzerl, was kümmert di, a Dirnderl, wieder a Dirnderl? Du brauchst a lustiges Büawerl, mein' i? Und wir zwei können allein tanzen und spielen, soviel und wie wir wollen, denn i brauch' für mi ka' Musi-

16

licenz; d'rum tanzen wir zwei allein noch a Stückel
mitſammen. Du biſt ja mei' liebes Dirnderl. Nit
wahr, du kannſt mi guat leiden?

Mirzerl.

Wer wurd' denn den Pfeifer von der Sierning
nit gern haben können?

Hans
(küßt ſie und beginnt einen Ländler zu ſpielen, zu dem er allein ſich tanzend
im Kreiſe bewegt).

Jujujuhu! (Er drückt ſie neuerlich an ſein Herz.)

Mirzerl (wieder lächelnd).

Du luſtiger Bua, du machſt mi ja frei wie aus-
g'wechſelt und überirdiſch!

Wirt (raſch aus dem Hauſe tretend).

Hehe, was is denn das? Haſt nit g'rad' g'hört,
Hans, was der Bürgermeiſter g'ſagt hat? Daſs's
mit der Muſi aus is?

Hans (keck).

Mir kann neamt verbieten z'blaſen, wann und wo
i will!

Wirt (nimmt eine drohende Haltung an).

Bei mir da, mit Verlaub, kann i dir's verbieten
und hat dir's ah der Bürgermeiſter verboten. Geh'
heimzu in enfer Wirtshäusl, wann's' d' ſpielen willſt!

Hans (ſich raſch zurückziehend).

Dös thu' i eh', wir machen heunt a guat's G'ſchäft!
(Er geht unter Blaſen ſeiner Clarinette ab und begibt ſich zu den Lebzelter-
ſtänden, woſelbſt er der Mirzerl, die ihm nachfolgte, einen Meth zahlt.)

Wirt (dem Haus nachrufend).

Willst mir eh' nur Schererein da machen, du feiner Pfeifer, daß i am End' mei' G'schäft ah noch verlier', — der Brotneid, der lebendige und leibhaftige! Hiatzt geht er heim und blast selber weiter und i weiß's, wann i in einer Stund' zum Bachwirt hineingeh', find' i selben alle meine Gäst' heunt drinnen beinander. Geht's eahm guat, steht's bei mir schlecht und umg'kehrt, an alte G'schicht'. (Mehrere Knechte des Wirtes und andere Burschen tragen den todten Jakl durch das Hofthürl über den Tanzplatz hinaus und fort über den Kirchenplatz; Vater und Schwester folgen jammernd und weinend dem Leichname.)

Sag-Simerl (zum Wirte herantretend).

So was! hiatzt tragen j' den Jakl gar fort!

Wirt.

I verlang' mir'n eh' nit da! Mit einem Todten is mir nit g'holfen, i brauch' lauter lebendige, g'sunde und frische, lustige und durstige Leut'!

Sag-Simerl.

Aber hast denn nit g'hört, daß der Bürgermeister g'sagt hat, er müßt' erst kommen und 's Protokoll aufnehmen, wie der Jakl g'storben is und wie er liegt, eh' ma'n wegtragen ließeten.

Wirt.

Bist eh' drüben g'standen, wie a Standtar! Zu was bist denn dann hinüber'gangen?

Sag-Simerl.

Eben derentwegen? Aber wie i dem Traidhofer vom Protokoll was sag', schreit er mi an: „Kannst

18

mi Buckelkragen tragen mitsammt dem Bürgermeister und seinem Protokoll! J will mein Kind daheim im Haus haben!

Wirt.

Recht hat er g'habt!

Sag=Simerl.

So sag's wenigstens nachher dem Bürgermeister, wann er mit seinem Schreiber daherwackelt; denn i muß hiatzt ah gehen, sist kimm i, der 'swenigste Geld hat, heunt als der letzte vom Kirta heim. (Ab.)

Wirt (mit einem kurzen Blick auf den Kirchenplatz).

Richtig, 's is eh' neamt mehr beim Kirta drüben als a Schüppel kleiner Buam. (Man sieht diese plötzlich bei einem Lebzelterstande sich herumbalgen und raufen.) Du vermaledeit noch einmal, hiatzt muß i da drüben ah noch abwehren! Nu' ja, was die Großen thun, machen halt die Kleinen schon kleinweis' nach. (Er ruft hinüber.) Werd't's aus= einander und heimwärts gehen, ös Saggrawolts! (Die Buben laufen lärmend auseinander und fort.) Nit zu verwundern, und Kirta is heunt einmal; da kann ma' sagen, was ma' will. Öpper kimm i selber mit meinem Weib' heunt ah noch a wengerl z'wörteln; 's G'schäft is ja schlecht g'nug 'gangen und am End' krieg' i wegen derer Mordthat, die bei mir vorg'fallen is, a Straf' ah noch z'zahlen. (Mit einem Blicke auf den Kirchenplatz.) Ah, der Herr Bürgermeister kimmt schon mit seinem g'stu= dierten Schreiber daher.

———

2*

Sechster Auftritt.

(Wirt, Bürgermeister und Schreiber, letzterer im städtischen Gewande.)

Bürgermeister.

Nu', wie steht's mit dem Traidhofer Jakl? Lebt
er noch oder is er schon todt?

Wirt.

Ha, was weiß denn i! G'rad' daneh' haben'j'n da
fort hinaus'tragen.

Bürgermeister.

So! Wo is denn oft der Sag=Simerl? Hab' i
eahm nit den Auftrag 'geben, daß der Traidhoferische
selben liegen bleiben muß, wo er liegt, wann er todt
is, bis i 's Protokoll aufnehmen kimm!

Wirt.

Der alte Traidhofer laßt dir sagen, du sollst'n
mitsammt deinem Protokoll Bugelfratzen tragen, —
hahaha!

Bürgermeister.

So, beleidigen ah noch!

Wirt.

Er sagt, er will sein Kind, wann schon nit leben=
diger, so wenigstens alser todter im Haus haben.

Bürgermeister.

I werd' schon z'sammrechnen mit eahm, fürcht' di
nit! (Zum Schreiber gewendet.) Aber was mach' ma' hiatzt,
mein lieber Schreiber!

Schreiber.

Nun, wir nehmen den Ort auf, wo die Sache vor=
gefallen ist.

Wirt.

Hahaha, mein steinerner Brunngrand, du kleiner
Schreiber, wird dir wuhl a wengerl z'schwer sein,
wann's d'n af'n Buckel nehmen willst.

Schreiber (aufgebracht).

Reden Sie nicht so dumm daher, Sie einfältiger
Wirt, sonst nehm' ich Sie auch noch auf.

Wirt
(mit einem verächtlichen Seitenblicke ins Haus abtretend).

Nimm mi auf, wanns' d' schon so a Freud' hast
mit 'n Aufnehmen, oder photographier' mi ab, heiliger
Justinian! (Ab.)

Schreiber.
Eine Ehrenbeleidigung, Herr Bürgermeister!

Bürgermeister.
Hehehe!

Schreiber.
Unverschämt! Wahrlich, — ich danke sehr, Herr
Bürgermeister, für eine solche Geheim= und Gemeinde=
schreiberstelle — bei meinen hohen Studien, die ich
hinter mir habe!

Bürgermeister
(den Schreiber beruhigend bei der Hand nehmend).

Ah!

Geh'n ma' lieber zum Brunngrand hinüber und beschreiben wir selben die Gegend a wengerl, damit oft seinerzeit 's G'richt weiß, wie's am Kriegsschauplatz ausg'schaut hat. (Beide durch's Hofthürl ab.)

––––––

Siebenter Auftritt.

(Der Wirt kommt wieder aus dem Gastzimmer und räumt die Gläser zusammen.)

Wirt.

So a blitzdummer Schreiber! Der macht unser'n Bürgermeister noch dümmer, als er eh' schon is. Aber sie passen z'samm' wie g'schaffen. — Donner und Blitz, wann i nur a bissel mehr G'schäft g'macht hätt'! Und sie in der Kuchl drinnen hat gar nix anbracht, daß i ihr richti b' Schmalzpfann' aufsetzen möcht'.

––––––

Achter Auftritt.

(Wirt und Wirtin, welche aus dem Gastzimmer stürzt; später Dorfleute.)

Wirtin.

Bitt' di um Gott'swillen, 's Schmalz is mir in der Pfann' brennend worn und durch'n Rauchfang aufg'flogen.

Wirt.

Gott im Himmel, heiliger Florian, hilf uns!

Wirtin.

Feuerwehr! Löschen!

Wirt.

Löschen! Im Brunn is 's Wasser! (Ab durch's Hofthürl.)

Wirtin.

Hilf! (Sie steht wie starr beim Anblick des Feuers, das bereits aus der Vorderseite des Hauses züngelt.) Weil er sich versündigt hat, und ung'recht' Guat gedeiht nit guat. (Ab durch's Hofthürl.)

(Die Lebzelter und deren Käufer eilen zunächst heran, später Andere, ringen die Hände; wirres Durcheinanderschreien, lärmende Ausrufe wie:) Hülfe!

Der Eine.

Rennt's um b' Sprigen!

Ein Anderer.

Wo sind denn b' Löscheimer? (Vom Kirchthurme her vernimmt man dumpfe Glockenschläge.)

Hans (der mit der Mirzerl herangeeilt).

Dös is g'scheit, hiatzt geht unser G'schäft erst recht guat! (Er beginnt zum Prasseln des Feuers einen lustigen Ländler zu pfeifen.)

Andere.

Wo is denn b' Feuerwehr? Rett's, was retten könnt's! Springt's hinein, Leut', z'ruck durch'n Hof!

(Man hört ein Signal der Feuerwehr, der Vorhang fällt.)

Zweiter Aufzug.

(Platz vor dem Mehringer-Hause. Im Hintergrunde links ist die vordere Haus-
seite mit Blumen und Reisig geschmückt und besteht aus zwei durch das Ein-
fahrtsthor mit einander verbundenen Stöckeln. Gegen vorne zu stehen rechts
und links Blattbäume.)

Erster Auftritt.

(Es beginnt bereits der Morgen zu grauen. Hans, Sag-Simerl und Jula
treten von links aus den Bäumen hervor.)

Sag-Simerl.

Wie g'sagt, Hans: nimm die z'samm' heunt, sist is
dei' Unglück fertig!

Hans.

Mir is nit bang um mi, wann ah heunt schon ihr
Hochzeitstag is! Solang' i noch mei' guat's Mund-
stück hab', dabei mei' Brust zum Spielen g'sund bleibt
und mir der Athem nit ausgeht, ha, hebt mi der
Micherl vom Blochbauern nit aus'm Sattel, und
wenn er noch so schwar is!

Jula.

Eh' so, eh' recht, aber i bitt' di, sei recht freundli
mit ihr und versprich ihr Alles in der Welt; i werd'
schon beim Anziehen oft mei' Möglichstes ah noch
z'letzt thuan.

24

Sag=Simerl.

So, Hans, hiatz pfeif' ihr, aber nur schön still und trauli, daß's öpper ihre Eltern nit hören. (Jula und Sag=Simerl ziehen sich wieder nach links zurück; Hans spielt leise eine anheimelnde Weise. Alsbald öffnet sich ein Fenster im linken Stöckl des Mehringer=Hauses; Mirzerl erscheint, steigt flink durch das Fenster und eilt dem Hans entgegen.)

————

Zweiter Auftritt.
(Hans und Mirzerl.)

Mirzerl.

Gott grüaß' di viel tausendmal, mein Hans.

Hans.

Herzenskind, und du willst heunt richtig zum Altar geh'n mit dem Blochbäurischen?

Mirzerl.

Hans, mit mein' Willen g'schieht's nit; i werd' ja von mein' Vatern 'zwungen und hätt' nur di, nur einzig di so viel gern g'habt. Aber nimm i di, werd' i enterbt und verstoßen.

Hans.

Mirzerl, du brauchst ja, wann's' d' mi heirat'st, gar ka' Haus, weil wir eh' 's G'schäft haben und af 's Bachwirtshaus heiraten können! Oder willst denn du a schwer g'rackertes Bauernweib wern? Kannst du nit spielend a blitzsaubere Wirtin spielen?

Mirzerl.

Mein Gott, wär' mir wohl zehnmal lieber, als mi z'schindten und z'rackern af an' großen Bauernhof.

25

Hans.

Eben derentwegen!

Mirzerl.

Aber die Blochbauernleut' setzen ah um mi an wia a Zangl und geben ka' Ruah'.

Hans.

Mirzerl, du wirst doch nit an' Mörder — an' Mörder heiraten? Oder glaubst öpper richtig, daß er den Jakl damalen nit derschlagen hätt'. I leg' an Eid drauf ab! Denn nur 's Geld, Mirzerl, was der Blochbauer unterlegen kann, dös stellt d' Sach' hiatzt allmählich ganz anders dar, als 's in Wahrheit g'wesen is.

Mirzerl.

Glaubst also wirklich, Hans, daß er'n derschlagen hat?

Hans.

Wie Amen im Gebet! Und was möcht' erst d'Sefferl, dei' Freundin, dazu sagen, wann du den Mörder von ihrem Bruder heiraten thät'st.

Mirzerl.

Du hast recht, Hans; aber kannst du mir immer treu bleiben und möch'st mi alleweil recht gern haben?

Hans.

Aber, aber! —

Mirzerl.

Weil mei' Vater schon häufi g'sagt hat: „Wir brauchen kan' Musikanten in unserm Haus, bei uns hat's sei' Lebtag ka' solche Lustigkeit und Gottlosigkeit

geben, als du hiaßt aufbringen willst; Spiellaut' sind
nit viel wert, weil sie 's Leben z'spielend und z'leicht=
sinnig auffassen und nehmen — und am allerwenigsten
is der Pfeifer von der Sierning was nutz!"

Hans.

Mirzerl, glaub' mir, dei' Vater sieht nur den Geld=
sack vom Blochbauern und laßt deswegen an mir ka'
guat's Haar! Aber ob dei' Herz ah durch's Geld glückli
wird, is a andere Frag — i glaub' nit! Mei' guat's
Herz, mei' G'schäft und mei' Clarinett sind mir mehr
wert, bringen mir Lust und Freud' und tragen dazu
ah noch a schön's Geld.

Mirzerl.

Hans, i kann di nit lassen! (Sinkt ihm um den Hals.)

Hans (sie liebkosend).

Schau' schau', du herzigschön's Dirnderl, du möch'st
'leicht gar öpper an' andern heiraten? I müßt' ja
frei fist in die Bachwehr springen.

Mirzerl (aufhorchend).

I hör' im Hof d'Leut schon geh'n und d'Sunn
steigt ah schon in d'Höh'!

Hans.

Bleibst mir treu?

Mirzerl.

I schwör' dir's! Pfüat di Gott! (Läuft zurück.)

Hans.

Mei' Mirzerl! (Einen traulichen Ländler spielend, zieht sich nach
links zurück.)

25

Mirzerl (vor und aus dem Fenster seufzend).

Wann er pfeift — so is mir — als müßt' mir
mei' Brust — zerspringen! Mir wird so weh — und
sehnlich ums Herz — nach eahm! Gott im Himmel,
wie er pfeift, so spielt — neamt mir in's Herz hinein!
I kann ihn nit lassen — eh laß' i Vater und Mutter
und Schwester und Alles in der Welt! (Ab.)

———

Dritter Auftritt.

(Die **Spielleute** erscheinen unter klingendem Spiele von rechts, hinter ihnen
marschiert der Hochzeiter **Mirtl** und wehrt mit seinem buntbebänderten
Stocke die nachdrängenden Kinder und müßigen Zuschauer fortwährend ab.
Jene ziehen ins Haus, während Mirtl und die Menge vor dem Hause zurück-
bleiben. Es ist allgemeiner Festtag anläßlich der großartigen, zwischen Michl
und Mirzerl anberaumten Hochzeit: man hört Pöllerkrachen und Pistolenschießen.)

————

Vierter Auftritt.

(**Mehringer** bringt dem **Mirtl** einen für ihn und die **Menge** bestimmten
Krug Wein und tritt mit **Wawerl**, welche die nett gekleidete kleine **Reserl**
an der linken Hand führt, aus dem Hausthore auf den Vorplatz bis zu den
letzten Bäumen heran, um die später allmählich eintreffenden Gäste zu be-
willkommnen; in der Rechten trägt sie einen großen Handkorb mit Hochzeits-
krapferln.)

Wawerl.

Sei nur recht brav, Reserl, wann hiaßt d'fremden
Leut' alle kommen. (Wirft eine Handvoll Krapferln unter die Menge.)

Reserl.

I bin eh' brav.

Mirtl.

Geht's z'ruck, Leut'l, ös kriegt's ja nix. (Trinkt schier
endlos.)

26

Mehringer.

Döß Schießen und Krachen heunt! D'Mirzerl
wird wohl, du Wawerl, rechtzeitig fertig wer'n mit
ihr'm Anziehen, daß öpper nit oft d'Hochzeitsleut'
af sie alle warten müssen, wann'j' einmal zum Fort-
gehen in d'Kirchen schon versammelt sind.

Mirtl.

Geht's z'ruck, Leut'l, geht's z'ruck! Es habt's
schon g'nug trunken. (Holt einen Krug Wein nach dem andern aus
dem Hause zum Umtrunke, trinkt aber stets selber das Meiste.) Jujuhu!

Wawerl.

Bitt' di um Gott'swillen, a g'schickteres Weibsbild,
als wie d'Sagmeisterin zum G'wandanlegen is, kunnt'
i ihr rein nit auftreiben. A Leut', dö schon Hunderte
zur Hochzeit an'zogen hat, wird doch ah unserer Mirzerl döş Bissel G'wand af'n Leib noch hinaufbringen
und ihr d'Haar ordentlich flechten können.

Mirtl
(vor der lachenden Menge zu Mehringer vortretend).

Mehringer, i möcht' d'Mirzerl anziehen.

Mehringer.

Hast schon wieder an'? Schau' daß'd' deiner
Verrichtung g'hörig nachkimmst. (Sieht ihm kopfschüttelnd nach.)

Mirtl (zu den Leuten zurücktretend).

Geht's z'ruck, Leut', i muß d'Mirzerl anziehen
gehen.

Menge.

Hahaha!

Einer.

Er will ihr's Hemd anziehen.

Mirtl.

Alles will i ihr anthun! (Fällt unter die Menge hinein, die ihn langsam wieder aufrichtet.)

Wawerl.

Mein Gott, d'Anzieherei war's Wenigste, wann' s' nur mit leichterem Herzen in den Ehestand treten möcht'.

Mehringer.

Hör' mir auf mit dö Dummheiten! Oder trutzt s' 'leicht öpper noch alleweil a wen'g?

Wawerl.

Trutzen? Z'todt weinen thut sie sich, aber sie thut unsern Willen, weil's' a folgsames Kind is.

Mehringer.

Wird ihr Unglück nit sein, im Gegentheil!

Wawerl.

War' halt doch g'scheidter g'wesen, —

Mehringer.

Sei mir stad! — J hab' mir Alles lang g'nug schon überlegt; wann s' einmal bei'nander sein und bei'nander leben, wern sie sich ah z'samm'g'wöhnen und mit der Zeit recht gern haben.

Wawerl.

O Gott!

Mirtl.

Der Krug is ah schon wieder leer! J muß halt schon wieder in den tiefen Keller abihaspeln! (Er taumelt beim Hausthore hinein.)

Mehringer.

Oder hat j' leicht öpper der Michl nit von Herzen gern?

Wawerl.

Ob aber sie ah den Michl, um das fragst du halt nit.

Mehringer.

Sei mir stad!

Reserl
(beginnt über den Streit ihrer Eltern zu weinen).

Vater, nit greinen mit der Mutter!

Mehringer.

Geh' hinein, Reserl, in die Kuchl; bei einem Freudenfest kann ma' die Gäst' nit mit an' weinenden G'sicht empfangen.

Reserl (geht zögernd und fortweinend ab).

J bitt', Vater, bitt', sei gut mit der Mutter; thu' j' nit kränken! Mutter, geh' mit ·mir! (Ab.)

Wawerl.

Geh' nur hinein schön, Reserl, du kriegst drinnen an guten Krapfen. (Zu ihrem Manne.) Aber i will ka' Verantwortung tragen, wann j' heunt oder morgen nit glücklich is.

Mehringer.

Kümmere di um das nit, das verantwort' i! — Da schau', — da kimmt schon der Bräutigam mit

31

seinen Eltern, ja die ganze schware Sippschaft; ma' kennt s' schon im Gang'. Weiberl, nimm di z'samm', daß' wir ka' Schand' aufstecken! Mach' a freundliches G'sicht und red' g'scheit, als wie i, wie es sich g'hört nach altem Brauch und Herkommen. (Sie gehen rasch gegen das Thor zurück.)

Wawerl.

So gut wie du, werd' i's ah noch z'samm'bringen! I weiß's eh', wie's bei mir damalen zu'gangen is.

————

Fünfter Auftritt.

(Vorige, ohne Reserl, und die ganze blochbäurische Verwandtschaft, welche von rechts herankommt, u. zw. die Burschen mit reich bebänderten Blumensträußen auf den Hüten, die Mädchen mit Blumen in den Haaren.)

Mehringer.

Gott grüß' enk und willkommen in unserem Haus, ehrenfeste Blochbauernleut'! (Gegenseitige Begrüßung.)

Blochbauer.

Den Gott'sgruß zur Erwiderung und Glück und Segen enkern Haus.

Wawerl.

Tret's ein bei uns und gebt's uns heunt die Ehr': nehmt's vorlieb mit dem Wenigen, mit dem wir aufwarten können.

Traudl.

Vom Herzen gern, und wen'g wird's wuhl nit sein.

Michl.

Um d' Jungfer-Braut Mirzerl thät' i recht schön bitten zum ehrsamen Eheweib.

Mehringer.

Nimm die Braut und führ'j' zum Altar; aber zuerst möcht' i halt bitten, a bissel zum Frühstück ins rechte Stöckel da hinein z'gehen.

Wawerl.

D'Mirzerl zieht sich im linken noch an.

Mehringer.

Tret's ein, tret's ein und lajst's enk's schmecken; bis wir z'ruckkommen von der Kirchen dauert's lang.

Wawerl.

Ma' wurd' ja sist viel z'hungrig.

Blochbauer.

So nehmt's uns halt in Ehren und in Freund= schaft auf. (Die Gäste gehen langsam durch's Hausthor hinein.)

Mehringer.

Gott g'segne enkern Eingang.

Blochbauer (zu den Seinigen).

Geht's Leutel, geht's. (Zum Mehringer.) Gar so viel hätt's uns aber nit aufz'warten und so schön alles herz'richten 'braucht; 's kost't ja einmal z'viel Geld und die Zeiten sind schlecht und d'Steuern viel z'hoch. (Ab.)

Mehringer (nachrufend).

Hast am End' eh' recht, aber lajst's enk's schmecken. (Zum Weibe.) A hübsches Schüpperl sein'j' und dö brauchen was! Ah — was hab' i denn g'jagt!

Wawerl.

Du haſt es ja ſo haben wollen, und a große Ver=
wandtſchaft macht große Anſprüch'; dös häſt dir leicht
denken können, wann's'd' ſiſt eh' fort ſo g'ſcheidt biſt.

Mehringer.

Dafür derwirtſchaſten wir aber was mit eahn; denn
's Großbauernhaus vom Blochbauern, wo ka' Kreuzer
für d'Erben hinaus z'zahlen is, — halt, hiatzt kimmt
der Bürgermeiſter. (Wawerl wirſt einige Händ: voll Krapferln unter
die Menge.)

Sechster Auftritt.

(Mehringer und ſein Weib, der Bürgermeiſter und ſpäter die nächſte
und weitſchichtige eigene Verwandtſchaft Mehringers.)

Mehringer.

Grüß' di Gott, Herr Bürgermeiſter, grüß' di Gott
und willkommen!

Wawerl.

Vielen Dank für d'Ehr'!

Bürgermeiſter (beiden die Hände reichend).

Solchen Leuten, wie's ös ſeid's, kann ma' ja nix
abſchlagen; da muß ma' kommen, weil's am ſelber
zur Ehr' is.

Mehringer.

Geh' nur hinein ins rechte Stöckl, der Blochbauer
mit ſeiner Verwandtſchaft is eh' ah ſchon drinnen.

Bürgermeiſter.

Und an' guten Wein werd't's wuhl ah haben?

Mehringer.

I verhoff', dass er dir schmecken wird.

Bürgermeister.

I bin nit so heiklich! (Ab.)

Mehringer (nachdenkend).

Für den war an Essig ah gut g'nug, er trinket den ah!

Wawerl.

Dass denn du über alle Leut' was z'reden weißt!

Mehringer.

Ha, d'rauf brauch' i net extra g'studiert z'haben; wer sein g'sund'n Verstand hat, weiß überall was z'reden.

Wawerl.

Aber wenigstens was Guat's!

Mehringer.

Was Guat's? — Dös essen'j' drinnen weg, und wir können derweil heraußen Luft schnappen. (Die eigene Sippschaft kommt, allseitige Begrüßung.)

Wawerl.

O, grüß' enk Gott alle; das is g'scheidt, dass's alle kommt's. Dös g'freut uns, grüß' enk Gott alle!

Erster Gast (mit einem Rehbock über der Achsel).

I bring' an' kleinen Rehbock, dass der Bräutigam nit z'viel stößend wird.

Zweiter Gast
(mit einem Fäschen Wein auf der Kraxe).

I a Fasserl Wein, dass die Brautleut' können brav lustig sein.

3*

Dritter Gast
(mit einem Stück Leinwand unterm Arm).

Und i a Stückl seine Leinwand, daß die Braut weicher liegen kann.

Mehringer.

Vergelt's Gott, und geht's nur hinein! Der Bürger= meister und der Bräutigam mit seinen Leuten sein eh' schon drin.

Erster Gast.

Mit Verlaub! (Ab durch's Hausthor.)

Zweiter Gast.

An'n schönen Dank für b'Einladung! (Ab durch's Hausthor.)

Dritter Gast.

Nix für ungut! (Ab durch's Hausthor.)

(Rasch nacheinander.)

Mehringer.

Dös is hiaßt unsere Verwandtschaft g'wesen: — Schmaroßer!

Wawerl (die Hände zusammenschlagend).

Bist du a garstiger und grauslicher Mensch! Von Tag zu Tag lern' i di hiaßt mehr kennen: Du bist a Kriegnitg'nug und a Neidhammel und nebenbei a halbeter Verleumder!

Mehringer.

Red' nit so was Blödes daher! Ma' muß vorwärts schauen und nit rückwärts, daß ma' zu was kimmt; dabei muß ma hinaufsteigen und nit hinunter: Die Blochbäurin z'wern, laß' i mir g'fallen, aber ka'

Traidhoferin oder sist wer Verhungerter. (Wawerl wirft aus ihrem Handkorbe den letzten Rest des Inhaltes unter die Menge, welche darnach haschend, drunter und drüber fällt.)

Mirtl (schwer trunken aus dem Hausthore torkelnd).

Jujuhu! — 's Weinfaß hat a Loch 'friegt.

Mehringer.

Benimm di doch um Gott's willen a wengerl an=
ständiger!

Mirtl (den Mehringer fast niederrennend).

Was sagst, Mehringer? J därfet nit einmal lustig
sein, wann i zum G'spaßmachen da bin. Derent=
wegen bin i ja da!

Mehringer.

So sei doch a bissel ruhig, du Hochzeitsesel!

Mirtl.

Wann a an Anderer den Schimmel davonreit't,
derentwegen bin i — der Mirtl — noch alleweil
fa' Esel noch nit! (Fällt unter die Menge hinein.)

Wawerl.

Der Rauschtaumerl!

Siebenter Auftritt.

(Vorige und Michl, welcher etwas blaß im Gesichte aus dem Hause heraus=
kommt.)

Michl.

Ehrenfeste Schwiegereltern, i weiß's nit, is's a
G'spaß oder an Ernst? — G'rad' will i die Braut aus
der Kammer abholen, weil's g'heißen hat, sie war'

schon an'zogen; wie i aber hineinkimm', is ka' Seel' in der Brautkammer z'finden.

Wawerl (die Hände zusammenschlagend).

War' nit aus, um Gott's willen!

Mehringer.

Mein lieber Schwiegersuhn, thu' di nit angstigen; die Burschen haben dir's halt g'stohlen, wie's ge= wöhnlich bei uns Bauern da der alte Brauch is. Mußt halt a bissel nachschauen in der Scheuer, im Stall oder im Heuboden; du wirst sie schon finden, 's kann ja nur a G'spaß sein.

Michl.

Ja, dös hätt' i ah g'meint, daß i'j' wo finden kann, aber die Buam haben alle g'sagt, sie hätten diesmal den G'spaß nit g'macht. Übrigens werd' i nochmals suchen. (Ab.)

Mehringer.

War' mir doch a wengerl z'g'spaßig, wann d'Mir= zerl selber a Dummheit ang'stellt hätt'; war' mir nit lieb.

Wawerl.

Mein Gott, war' nit z'verwundern! Wen zu einer Heirat zwingen, is halt ah nit recht.

(Die Menge beginnt unter Rufen, wie: „Recht g'schieht ihnen!" und „Bravo!" zu klatschen.)

Mehringer.

Was nit recht? — Das versteh' i besser! Oder wen hätt' j' denn sullen nehmen? 'leicht den verhun=

gerten Kleinhäusler-Buam, den Traidhofer-Jakl, den Suhn von meinem Nachbarn, der mir eh' zehnmal im Tag' in'n Sack langt oder in die Zeughütten greift.

Wawerl.

Hätt' schon noch andere geben, die ihr mehr zu= g'jagt hätten.

Mehringer.

So, wen denn? Öpper gar — gar den versoffenen und nixnutzigen Pfeiferbuam von der Sierning, wie i hie und da schon munkeln g'hört hab'?

Wawerl.

J sag' nit den und nit den: den Richtigen wurd' sie schon selber g'funden oder g'wußt haben.

Mehringer.

Ha, dös war 'sRichtige!

Mirtl.

Geht's hoam, Leut', d'Mess' is aus und 's Faß is leer!

Mehringer (sieht nach allen Seiten herum).

Übrigens, kommen wird so neamt mehr von d' an= dern eing'ladenen Gästen; schauen wir lieber selber a bissel wegen der Braut hinein. (Er will ins Haus abgehen, im selben Augenblicke tritt aber bereits die gesammte Blochbauernsippe aus dem Hausthore heraus.

———

Achter Auftritt.

(Vorige, die blochbäurische Sippe und Jula; später die übrigen Gäste, und zwar zuletzt der Bürgermeister.)

Mehringer.

Ja was! — wird doch nit? —

Blochbauer.

Mei' lieber Mehringer, d'Mirzerl is richtig net z'finden! Mußt doch g'schwind nachschauen, ob sie sich nit öpper was anthan hat?

Mehringer (mit dem Stocke drohend).

Saggra Hütten, Jula, wo is s' denn hin? Du bist ja bei ihr anziehen helfen g'wesen? (Wirtl ab.)

Jula.

J hab' s' ja noch gar nit an'zogen!

Mehringer.

Was!? —

Jula.

Grad eh i 's' anziehen haben wollen und 's Haar- flechten vorüber g'wesen is, sagt's' zu mir, sie möcht' noch eher ihr Betbüchl aus der Dachkammer herab- holen, was's' am vergangenen Sonntag beim Beten droben vergessen hätt'. J sag d'rauf zu ihr: „Geh' g'schwind und tummel' di. Sie rennt bei der Thür fort hinaus, und i sitz' in der Stuben und sitz' und sitz' a halbe Ewigkeit und kimmt ka' Mirzerl mehr z'ruck, derweil d'Hochzeitleut' —

Mehringer.

Öpper is's' im Boden noch droben?

Wawerl.

Nit möglich, weil i den Bodenschlüssel im Säckel
da hab'.

Jula.

Derweil d'Hochzeitleut' schon alle bei'nander g'jessen
sein. Af d'Letzt kimmt gar der Bräutigam nachschauen,
ob die Braut schon bald fertig is.

Mehringer (zu den Blochbäurischen).

Himmel — Erdboden, sie wird uns doch enk gegen=
über nit dö Schand anthan haben und sich wo ver=
steckt halten? Denn sist hat sie sich nix Leid's zug'fügt.

Traudl.

S'is eh' g'scheidter, wann aus der Heirat nix
d'raus wird; denn dös Dirndl hat mir einmal z'viel
g'weint, und i hab' ihr's ang'sehen, dass'j' mein'n
Michl nit recht vom Herzen gern hat. 'Is besser,
dass's so kommen is.

Mehringer.

Joachim und Anna, dö Schand' vor enk und vor
den Leuten, dass'j' in ihrer Dummheit so a Glück
z'ruckstößt! Müßt's nit harb sein, Blochbäurische,
müßt's nit harb sein! 'leicht gibt sich d'Sachen noch?

Blochbauer.

Bei Leib', wir sein nit harb! Übrigens g'scheidter
früher nur den Spott, als später ah noch den Schaden
dazu.

Michl (seine Thränen trocknend).

P'füat' Gott und thut's d'Mirzerl suchen, daß sie sich nit öpper meinetwegen was anthut; das möcht' i wuhl nit haben.

Mehringer.

P'füat' di Gott, Michl, und sei nit harb! D'Haar möcht' i mir ausreißen!

Blochbauer.

Zwingen sull man a Kind nie zu so was; p'füat' enk Gott! (Sie schütteln sich alle die Hände.)

Michl.

Es hat schon nit sein wollen! s'Herz kunnt' mir z'springen! (Ab.)

Mehringer.

Seid's nit harb, Blochbäurische, und müßt's mir's nit nachtragen.

Blochbauer.

Bei Leib', da kennst uns du noch viel z'wenig.

Die Menge
(beginnt zu klatschen und schadenfroh zu rufen).

Die Großschädeln! Dös is recht! Dös is g'scheidt!

Traudl.

Übrigens vergelt's Gott für alles, was wir uma=sist heunt da 'gessen und 'trunken haben.

Blochbauer.

D'Halbscheid, Mehringer, zahl' i von dem, was auf'gangen is, rechen's z'samm' und schick mir oft

d'Rechnung hinüber. Pfüat' enk Gott und schaut's
bald nach der Mirzerl. (Alle Blochbäurischen nach rechts ab, während
bereits die Mehringer-Sippe aus dem Hausthore hervortritt.)

Erster Gast.

Nu', ös macht's uns a g'hörige Schand'!

Zweiter Gast.

Die ganze Freundschaft hat hiatzt g'nug davon
'kriegt!

Dritter Gast.

Er is a Knicker und bleibt a Geizhals.

Mehringer.

Vermaledeit's G'sindel, schau', daß d' weiter kimmst!
Nit ein Freund in der ganzen Verwandtschaft, der
einem in der Noth beistehen möcht'!

Erster Gast.

Du Neidhammel, bist selber schuld an deinem Un=
glück'!

Zweiter Gast.

An anderes Mal kannst uns gern haben!

Dritter Gast.

Für einen Narren lassen wir uns nit halten! (Gäste
nach rechts ab.)

Mehringer.

Is dös enker Trost für mi? Packt's enk und
schaut's, daß's weiter kommt's!

Bürgermeister
(unter dem Hausthore erscheinend).

So, — 'gessen und 'trunken hätt' i g'nug, meine
lieben Mehringer=Leut', und i sag' dafür vergelt's

Gott, aber wann's wieder einmal so a saubere Hoch=
zeit habt's wie heunt, lad't's nit nur den Bürger=
meister, sondern ah den Pfarrer gleich dazu ein,
damit enk nit af d'Letzt noch ein's von den Braut=
leuten öpper wieder davonrennt. (Gelächter der Menge.)

Mehringer.

Bürgermeister, bitt' di, uns is's eh' so z'wider,
wie du dir kaum denken kannst, aber mein, was
kann ma' da machen, wann a großjahriges Kind so
unfolgsam is?

Bürgermeister.

Na', na', alteriert's enk nit z'viel; es hat halt nit
sein wollen! Wenigstens haben d'Leut' im Thal a
bissel was z'reden und z'lachen, und enk thut's ja am
End' nit weh'.

Mehringer.

Wird eh ʼs G'scheidteste sein, wir machen zum bösen
G'spiel a guat's G'sicht.

Bürgermeister.

I glaub' ah, daß enk nix anderes übrigbleiben
wird. Und 's Dirndl oder vielmehr die verwunschene
Braut wird sich hoffentlich bald finden oder vom
richtigen Zauberer erlöst wern, sist müßt' i frei über
ihre Abgängigkeit d'Anzeig' beim G'richt' machen.
Zu was hätt' i denn mein'n Tinten=Kleckser im Amt
'drunten?

Mehringer.

Du saggra Bürgermeister, wurd'st uns doch kan'
Standtaren af'n Leib anfißzussen (hinaufhetzen)?

11

Bürgermeister.

Bei Leib' nit, — wann's innerhalb drei Tagen 's Dirndl g'funden habt's, laßt's mir's halt wissen; umso lieber für mi, daß i kan' Anzeig' zu machen brauch', und für d'Standtaren, daß'j' nit umasist herumz'streichen brauchen.

Wawerl.

Ah, an'than wird sie sich doch nix haben! I mein' halt, sie halt't sich wo versteckt auf, glaub' mir's.

Bürgermeister.

Wird eh' so sein, und p'füat' enk Gott, Leutel.

Mehringer.

P'füat' di Gott und sei nit harb.

Wawerl.

Nix für unguat, Herr Bürgermeister, i bitt' di gar schön!

Bürgermeister.

Seid's doch nit so kindisch, i werd' enk doch nit ins Unglück reiten. (Nach rechts ab.)

Mehringer.

So a vermaledeite Sarei (Sauerei)!

Wawerl.

Geh', geh', laß's gehen und thu' di nit so ärgern; 's is schon mehr Leuten so 'gangen, sind ja wir nit d'ersten.

Mehringer.

Du bist eben d'Hauptschuld an allem, weil du mit derer nixnutzigen Dirn' alleweil deine Heimlichkeiten und Zischlereien hinter meinem Rucken g'habt hast.

Wawerl.

Veitl, i bitt' di, wann a Kind, dem was am Herzen liegt, sei' Mutter nit zum Klagen hätt', an wen sullt' es sich denn wenden!

Mehringer.

Weil's'd' mit ihr in derer Lumperei hinter einer Decken steck'st!

Wawerl.

Aber solche Reden! Hiatzt lern' i di erst von Tag zu Tag mehr und mehr kennen.

Mehringer.

Na', a Sünd' und a Schand' is's, wann so a blitzdummes Kind a Heirat wie die mit'm Bloch-bäurischen ausschlagt! An' solchen Bräutigam kriegt'i' nimmer; denn die gibt's nit zum Z'samm'klauben wie die Tannenzapfen.

Wawerl.

Sie will halt öpper nit so hoch hinaus und denkt sich, in an' großen Bauernhaus is ah viel Arbeit und Plag'.

Mehringer.

Im Blochbauernhaus hat sich noch ka' Bäurin z'todt g'rackert, na, na, na —! Wann i dö Dirn' hiatzt da hätt', — derschlagen kunnt i'j' vor lauter Gift und Gall'!

Wawerl.

Aber i bitt' di, sie is doch dei' Kind.

Mehringer.

Mei' Kind? Sie is's nit, sist hätt'j' mir g'folgt, mir dö Freud' g'macht und ihr Glück dabei g'funden; aber wer seine Eltern nit ehrt, — und i g'hör' ah dazu! — der hat ka' Glück af dieser Erd'!

Wawerl.

Veitl, sie hat di ja eh' alleweil soviel in Ehren g'halten.

Mehringer.

I brauch kan' Anbeterei! I will, daß'j' mein'n Willen thut und mir folgen sull: darin besteht nach meiner Meinung d'Ehrung der Eltern.

Neunter Auftritt.

Mehringer und Wawerl, Traidhofer mit einer Heugabel und Sefferl mit einem Rechen über der Achsel kommen von links daher.)

Traidhofer.

Hihi, Nachbar, was is's denn? Mir scheint, d'Hoch= zeit is ah in Franzen 'gangen?

Mehringer.

G'rad raisonnier' i, was platz hat, und teufel' herum! Is uns dö nixnutzige Mirzerl daneh' vor der Nasen, wie wir in die Kirchen gehen wollen, auf= und da= voug'rennt, und wir wissen nit wohin.

Sefferl.

G'rad' daneh' is s' uns begegnet, wie wir aus unser'm Häusl heraus'gangen sein. Weinend is'j' hineinzu 'gangen gegen die G'mein=Sag'. I hab'j'

noch g'fragt: Mirzerl, was is dir denn? Is dir was
g'schehen oder hat dir 'leicht wer was than? Aber
kam, daß s' mir vor lauter Weinen hat zur Antwort
geben können, sie gienget zur Bachwehr hinein.

Mehringer.

Sie sull dersaufen drinn!

Wawerl.

Maria und Josef!

Mehringer.

War' ka' Schad' um sie! Steck' so wie so kan' Ehr'
mehr mit ihr auf, wenigstens büßt's' und sühnt's'
ihr Verbrechen.

Traidhofer.

Ah bei Leib' nit, sie wird sich nix an'than haben!
Kimmt ihr ja schon eher der Sag-Simerl entgegen
und verstellt ihr den Weg.

Mehringer.

Von mir kriegt er dafür kan' Dankdirgott.

Traidhofer.

Nachbar, du willst halt alleweil a wengerl z'hoch
hinaus, und wer hoch steigt, fallt hoch. Z'wegen was
mußt du dir denn an' Blochbäurischen in'n Kopf
setzen? Hätt's nit mei' Jakl — tröst'n der liebe Gott
— ah für sie 'than?

Mehringer.

Hab' i' s' z'ruckg'halten, Hias, von deinem Jakl,
oder kann i was dafür, daß selben dös Unglück beim
Kirchenwirt g'schehen is?

Traidhofer.

Freilich kannst nix dafür, aber mir z'Lieb, häst af
dös hin dem Blochbäurischen bei' Tochter überhaupt
schon gar nit geben sull'n; du siehst ja, es will
schon gar nit sein und zu kan' guaten End' führen.

Sefferl (spöttisch).

Derentwegen g'schieht eahm ah heunt ganz recht!

Traidhofer.

Pst! Gehen wir lieber! (Er und Sefferl nach rechts ab.)

Mehringer.

So schön, — af d'Letzt hat ma' zum Schaden ah
noch den Spott. Aber i weiß's, wann mir d'Reserl
einmal groß wird und ins heiratsfähige Alter kimmt,
werd' i d'Sachen anders anpacken! (Ab ins Haus.)

Wawerl (beiseite).

Mein Gott, den Mann zehrt noch die Gall auf
und frißt'n z'samm'! Aber wann ah — wann sich
nur d'Mirzerl nix an'than hat. Aber bei Leib' nit,
wird doch nit, ihr Schutzengel verlaßt'j' nit und
der Sag=Simerl is ja dem Pfeifer=Hans sein Vetter.
(Ab ins Haus.)

Zehnter Auftritt.
(Volk, Mehringer und Spielleute.)

Mehringer
(mit seinem Stocke die Spielleute aus dem Hause jagend).

Ös Saggra, niederträchtigen, ös wollt's mi mit
enkerer Musi noch für an' Narren halten?

1. **Spielmann**

Der Hungerleider!

2. **Spielmann**

Du Schmutzian!

(sich mit seinem Platzgenge wehrend).

Mehringer.

Nixnutziges Musikanten=Volk!

(Aus der Reihe der Zuschauer kommen nun faule Äpfel und Grundbirnen, Krauthäuptel und Grünzeug gegen Mehringer geflogen; es entsteht ein Halloh und Gelächter mit Rufen wie: Der Hochaus! Der Geizhals! Der Hungerleider! Weiberzwinger! Rabenvater!)

Mehringer.

Ös neugierig's G'sindel, Galgenstrick' alle mit= einander! *(Beginnt auch auf die Menge dreinzuhauen.)* Ös Dach= dieb', könnt's eh nix, als den lieben Herrgott den Tag abstehlen!

Volk.

Der Hodil! Der alte Luftschnapper und Beinl= abnager! Hahaha!

(Der Vorhang fällt, Ende des zweiten Aufzuges.)

Dritter Aufzug.

(Das Bachwirthshaus an der Sierning; linker Hand der Eingang in die noch sichtbare Flügelseite des Häuschens. In der Mitte der Hof mit einigen Tischen. Rechter Hand eine Holzschupfe; rückwärts ein Prügelzaun mit Eingangsthürl; hinter demselben der vorüberziehende Fahrweg und dann ein aufsteigender Wald. Es ist Sonntag nachmittags.)

Erster Auftritt.

(Bachwirt und dessen Weib Kathi sind mit den Gästen beschäftigt; Hans und Mirzerl, Sag-Simerl und sein Weib Jula sitzen am Haustische neben dem Eingange im Häusl beisammen; mehrere Gäste.)

Hans.

Mirzerl, hiatzt spiel' i an' lauten und fermen Ober-steirer auf und du mußt mir fein dazu tanzen!

Mirzerl.

Gut, i werd' schauen, ob i so schön tanzen kann, wie du spielen.

Hans.

Aber d'Röckerln a wenger'l dabei aufheben, damit f' nit schmutzig wern. (Er pfeift.)

Mirzerl (tanzend).

Is's recht?

Bachwirt.

Höher!

Sag-Simerl.

Saggra — Himmel — Laudon — Erdboden! — Wann i nur um 20 Jahrln noch jünger war: Haus, du kriegeſt dei' Mirzerl nit!

Jula.

Du Verſuchter! War' i nit öpper aß einmal ſo ſchön g'weſen? Schau' dir daher! (Sie verhält ihm mit den Händen die Augen.)

Sag-Simerl.

Für's G'habte gibt der Jud nix, — aber i bitt' di, laſſ' mi dös herzige G'ſtell doch a wengerl noch anſchauen! Kann i wenigſtens träumen davon, wann i'ſ' ſchon nit kriegen kann.

Zweiter Auftritt.

(Vorige und Mehringer, der, von rechts kommend, beim Anblicke ſeiner tanzenden Tochter raſch und tiefernſt durch's Gamuthürl hereintritt.)

Mehringer.

Alſo da is mei' „brave" Tochter? Das is ſchön! A ganz gewöhnliches Kellnermenſch is'ſ' worn, wo a jeder Fuhrmann einkehren und mit ihr herum- ſchmieren kann.

Mirzerl (ihren Vater erſt jetzt erblickend).

Maria und Joſef! (Eilt raſch ins Haus ab.)

Mehringer.

Ja, — den ſchuldigen Mann geht halt 's Grauſen an!

Sag=Simerl.

Aber an' G'spaß wirst doch ah verstehen, Mehringer, wann zwei junge Leut' da bei'nander sind, und was g'schieht in Ehren, kann neamt nit verwehren.

Mehringer.

In Ehren nennst du das? Ös G'sindel, erbärm= liches, ös habt's mei' Haus in's Unglück und in d'Schand hineing'stürzt!

Bachwirt.

Mit Verlaub, Mehringer, i mein', du sulltest di selber bei der Nasen nehmen.

Mehringer (drohend seinen Stock erhebend).

Was keck ah noch!? — Du Mostschädel und Most= pantscher, umasist hast du deinen Namen eh' nit.

Bachwirt.

Nur nit z'viel beleidigen und aufbegehren, dös bitt' i mir aus! Du mußt nit vergessen, daß du nit daheim bei deinem Weib' bist, sondern derweil noch da in an' fremden Haus, das vielleicht mehr af sei' Hausehr' halt't, als du af die deine.

Mehringer.

A Hausehr'? A Rauberhöhlen will ah ane haben?

Bachwirt.

Oho, wir haben dir noch nix g'stohlen und ver= langen derweil nit mehr, als was wir eh' schon haben, weil's uns zug'rennt is.

53

Mehringer.

Ha, meinst d'Mirzerl! Mit'n Standtaren laß' i'j'
morgen heimtreiben!

Bachwirt.

Wann'j' nur nit schon großjahrig war' und thun
kunnt', was'j' will!

Mehringer.

So steckst du Galgenstrick also eh' mit hinter derer
ganzen G'schicht'? Aber, Bachwirt, du wirst diesmal
umg'kehrt bei' Rechnung ohne den richtigen Gast
g'macht haben!

Bachwirt.

Wir sein mit'm Pflichttheil ah z'frieden, du bist
ja fleißig und sparsam g'wesen und hast Geld g'nug
z'samm'g'scharrt.

Mehringer.

Glaubst? — Und meinst, aner solchen nixnutzigen
Dirn' brauchet i ah nur den Pflichttheil z'geben?
Schau', daß'b' di nit irrst; denn beim G'richt'
werd't's wuhl schwerlich oft enker Recht finden, wann
i angib', was'j' mir für Schandthaten g'macht hat,
daß i'j' sogar enterben müsset.

Bachwirt.

Mir is nit bang drum, — übrigens sei nit so
kindisch und trink' lieber a Viertel Wein.

Sag=Simerl.

Freilich, Mehringer, sei nit so hartherzig und
schwab's abe dei' Gall'.

Mehringer.

Enkern Mostpantsch könnt's enk selber jaufen, i hab'
mi nur überzeugen wollen, ob's richtig wahr is, was
d'Leut schon überall derzählen, daß mei' Tochter dem
liederlichen Musikanten da nachg'laufen war und mir
noch dö zweite Schand' an'than hätt', nachdem'i' mir
schon eine an'than und 's'halbe Thal mitsammt'm
Bürgermeister für an' Narren g'halten hat. (Ab.)

Hans (nachrufend).

I bin nit so liederlich, wie's ös geizig!

Sag=Simerl.

Pst, Hans, laß'n gehen, den kindischen Mann, er
is halt zornig und red't dabei was daher, was er af
d'Letzt' selber bereut.

Bachwirt.

Aber dö Gröben von dem Menschen, bald hätt' i
mi nit mehr z'ruckhalten können! Wann i sei' Mirzerl
nit so gern hätt' und mir 's Glück von meinem
eigenen Kind nit vor Augen stunbet, frei hätt' i'n
lieber selber hinausg'schmissen!

Sag=Simerl.

Ah, wird sich schon geben, und sei' Weib wird'n
schon wieder mit der Zeit besänftigen und friedlicher
stimmen.

Mirzerl (welche weinend wieder zurückkommt).

Na', daß der Vater so bös is, hätt' i mir wahr=
lich nit denkt! Wann i dös g'wußt hätt', — — —

Sag-Simerl.

Pappalapa, so heiß wird ka' Suppen 'gessen, als'ß'
'kocht wird; dei' Vater wird mit der Zeit wieder
kreuzguat, wann er sieht, daß's dir da guat geht und
daß du mit'm Hans dei' Glück g'macht hast. Spiel'
auf einen, Hans, daß wir die traurigen Gedanken
verscheuchen, jujujuhn! (Hans spielt einen kurzen Ländler.)

Dritter Auftritt.

(Vorige, ohne Mehringer, und Michl, der zufällig von rechts des Weges
daherkommt und be.m Erblicken der Mirzerl auf ein Glas Stehwein in den
Hof eintritt.)

Michl.

A Viertel Stehwein, Bachwirt! (Der Wirt bringt rasch den
Wein, den Michl sofort bezahlt und auf einmal austrinkt.)

Mirzerl.

Herrein und Erdboden, verfolgt an' der ah noch!
(Läuft beim Anblick Michls erschreckt und beschaut ins Haus ab.)

Hans (der zu spielen aufgehört).

Fürcht' di nit, Mirzerl!

Michl (höhnisch).

Ha, da sind ja d'lieben und d'lustigen Leut' bei-
'nander?

Hans.

Wir können's ja thun, dazu braucht ma' ka' Bloch-
bäurischer z'sein; wir haben zum Lieben 's Dirndl
und zum Lustigsein 's Klarinett.

Michl.

I lass' dir gerne alle zwei Stückel, aber für die
Läng' wird keines mitsammt dir nit viel wert sein;

im übrigen werd' i mit dir schon noch einmal z'samm=
rechnen.

Hans (tret an Michl herantretend).

Du kannst mit der Katz z'samm'rechnen, aber nit
mit mir!

Michl
(packt in furchtbarer Erregung den Hans und schleudert ihn unter die
Gartentische).

Du Katz', mit dir mag i ja gar nix reden! (Tritt
rasch ab und wendet sich auf dem Jahrwege nach rechts.)

Bachwirt (ihm nacheilend).

Was a Katz'? Du Blochbauernlümmel, erbärmlicher!
Du Niederträchtiger, kimm' mir noch einmal anher,
oft zeig' i dir an' Herrn! A Katz'! Ha, dö Keckheit!

Sag=Simerl.

Hahaha, er soll mit der Geldkatz von seinem Vatern
z'samm'rechnen und dabei nit den Sagmeister noch
a bissel mehr drucken, g'statt, was christlicher und
g'scheidter war, endlich einmal besser z'zahlen. nit dass
unsereiner frei verhungern muss bei derer Schinderei
den ganzen lieben Tag und d'halbe Nacht.

Kathi.

Der Galgenstrick, der abdrehte!

Hans
(sich langsam erhebend und den rechten Fuß reibend).

Is dös a Wurf g'wesen! Dunner und Blitz, hat
der a Kraft! (Er hinkt und lässt sich auf einen Sessel nieder.)

57

Kathi
(rasch zum Sohne eilend und ihm aufhelfend).

Is dir was g'schehen? (Sie reibt ihm gleichfalls den Fuß.)
Wart' i bring dir a gute Salben zum Einschmieren!
(Ab ins Haus.)

Bachwirt (zum Sag-Simerl).

Was denn der Protzenthaler da hat eigentlich haben
wollen! Mei' Lebtag is noch neamt von den Bloch=
bäurischen bei mir in meinem Wirtshaus da g'wesen!

Sag-Simerl.

Ja, dö geben's hoch und nobel! Solche Leut' gehen
zum Kirchenwirt und trinken selben den Wasserling=
Wein, wahrscheinlich damit s' alleweil schön hell und
nüchtern bleiben in allem, sowie im Zahlen.

Bachwirt.

Kimmt mir eh' ah frei so vur, als ob d'Leut' glaubeten,
der Weinwasserer draußen schenket an' besseren aus
wie i. — Ah, schaut's selben hin, wer durch'n Wald=
steig her aberkimmt! (Man sieht die Mehringer Wawerl kommen.)

Vierter Auftritt.
(Vorige, ohne Michl, und **Mehringer Wawerl**, welche stark mit Tüchern
vermummt und schüchtern eintritt und dann der bachwirtischen Sippschaft der
Reihe nach die Hand reicht.)

Bachwirt (entgegenrufend).

O, grüß' di Gott, Mehringer=Mutter! Dös g'freut
uns!

Sag-Simerl.

Grüß' di Gott, Wawerl; kimm her da zum Haus=
tisch, kimm her da!

Bachwirt (vertraulich).

Der müſſen wir hiaßt g'hörig warm machen.

Jula (ihr entgegengehend).

G'rad' is dei' Mann da g'weſen.

Wawerl.

War' nit aus! Wo is er denn oft hin'gangen!

Hans.

Durch'n Fahrweg hinaus, heimzu.

Wawerl.

Jöckers, der Hanſerl! Bald hätt' i'n nit kennt! (Reicht ihm die Hand, der ſich aber gleich wieder ſeitwärts niederſetzt und ſeinem Fußſchmerze überläßt.) Da hab' i mein' Mann nit treffen können, weil i über d'Schneid' durch'n ſchattigen Wald da herein'gangen bin. Wo is denn oft d'Mirzerl? Is'ſ' nit da? Sie war' ja da bei enk, ſo wie i g'hört hab'.

Mirzerl
(raſch aus der Thüre tretend, fällt ihrer Mutter mit Ausruf um den Hals).

Mutter!!

Wawerl (weinend).

Nu', biſt eh' g'ſund'! Weil's nur g'ſund und wohl= auf biſt! Grüß' di Gott, mei' Kind!

Sag-Simerl.

A junges Dirndl, wie ſoll denn dös nit g'ſund, luſtig und wohlauf ſein?

Bachwirt.

Wann'ſ' dazu noch an' luſtigen Spielmann kriegt, wie mei' Hans is.

Wawerl.

Is eh' recht, is eh' recht, wann'j' glücklich miteinander wern und z'frieden sein; i wünsch' eahn alles Guate. (Trocknet sich ihre Thränen.)

Mirzerl.

Gott sei Lob und Dank, daß mein liebes Mutterl wenigstens noch gut is, hiatzt fallt mir a Centnerstein vom Herzen.

Wawerl.

Kind, i bin ja froh, daß i di wieder sieh'! Was hab' i mir selben für Gedanken g'macht, wie du von uns fort'gangen bist. Frei hab' i g'meint, wann's d' öpper gar in'n Bach g'sprungen war'st, i müßt' g'statt deiner hineinspringen oder dir wenigstens mi nachstürzen.

Sag=Simerl.

War' ah bald damalen dös Unglück bei der Wehr' g'schehen, wann i nit z'recht kommen war'.

Mirzerl.

Oho, Sag=Simerl=Vetter, i war' af kan'n Fall damalen ins Wasser g'sprungen, und zwar nur der Mutter wegen, damit i ihr nit weh thu'; wegen der Mutter allein is's g'schehen, daß i nit hineing'sprungen bin.

Wawerl.

Nu', dös g'freut mi, oft is's eh' recht; weil's d' nur g'sund bist!

Kathi

(bringt, da sie bereits von der Ankunft der Mehringerin weiß, den üblichen Kaffee).

G'hört hab' i di schon, dajs'd' da bist, und hab' gleich den Kaffee herg'richt't, damit i nit mit leeren Händen kimm', wann ma di eh' so selten bei uns da sieht. (Gibt der Mirzerl einen Tiegel mit Salbe.)

Waverl.

Mein Gott, wann kunnt' denn i einmal von der Arbeit wegkommen?

Hans.

Saggra, mei' Haxen! (Mirzerl beginnt ihn am Knöchel einzuschmieren.)

Kathi.

Ah, soviel Zeit häst schon hie und da immerigsmal g'habt.

Waverl.

Grüß' di Gott, Bachwirtin! (Sie reichen sich die Hände.) War' nit nothwendig g'wesen, dajs'd' soviel auf'tragen hast.

Kathi.

Setz' di nieder und greif' zu.

Waverl (läßt sich nieder und trinkt ihren Kaffee).

Weil's nur der Mirzerl gut geht!

Hans.

Frau Mutter, d'Mirzerl hab' i zum Fressen gern!

Mirzerl.

Und i bin glücklich bei ihm! (Schmiert ihn weiter ein.)

Kathi.

Es geht ihr ja guat, und so hart is bei uns d'Arbeit ah nit, wie in an' Bauernhaus, wo ma sich nix als wie schinden und rackern muß.

Hans (aufschreiend).

Auweh!

Wawerl.

Is eh' wahr; leichter is's sei' Lebtag alleweil bei an' G'schäft', als bei derer Plag' in an' Bauernhaus.

Hans (ärgerlich beiseite).

Was dö alten Weiber nur alles z'samm'plaudern!

Kathi.

Eben derentwegen kann i gar nit begreifen, warum dei' Mann gar so auf'bracht und gar nit zu besänftigen is?

Wawerl.

Er wird schon nachgeben, aber Geduld müßt's halt a wengerl mit eahm haben, denn er wird schon soviel kindisch und wunderlich.

Hans (beiseite).

Der Teufel sull'n holen! (Wawerl sucht ihn zu beschwichtigen, nimmt ihr Halstuch herunter und beginnt ihm den Fuß einzuwickeln.)

Sag=Simerl.

Freilich, i sag's ja eh' ah alleweil: es is eahm nur leid um's Blochbauern sein Geld und nebenbei wird er soviel alt und kindisch.

Bachwirtin.

Und was hätt' i' denn oft von dem Geld', d'Mir= zerl, wann i' nix davon anbringen därf und sich wieder plagen und häuten muß, als wie die Traudl vom Blochbauern, die frei nix mehr am Leib hat, als ledig Flachsen und Haut.

Hans (beiseite).

Wann nur i einmal an' solchen Schwiegervater in d'Arbeit krieget.

Waiverl.

Is eh' wahr, sie schaut recht abg'härmt und z'samm'= g'martert aus.

Kathi.

Da siehst du's, da hast du's, und was anders war ah der Mirzerl nit bevorg'standen. Mit dem Z'samm'= geizen und =wuchern schaut nix Guat's heraus.

Hans (beiseite).

Stimmt! Mei' leibhaftige Mutter!

Waiverl.

I hab' eh' nie recht wollen, daß's mit'm Bloch= bäurischen ernst wern sollt'; weil a Bäurin ja der erste Dienstbot' im Hause selber sein muß.

Bachwirtin.

Und bei uns da hat d'Mirzerl a leichte Arbeit und macht höchstens a bissel a Köchin; sist heißt's plauschen mit'n Gästen und unterhaltlich sein, und das wird doch a leichte Sach' sein?

Hans.

Juju,hu, und dabei lusti sein und fidel!

Wawerl.

War' mir wuhl ah mei' Lebtag 's Liebere af der Welt g'wesen.

Fünfter Auftritt.

(Vorige und **vier** Holzknechte des Blochbauern, welche unauffällig eintreten und je ein Viertel Wein verlangen.)

Sag=Simerl (beiseite zum Wirte).

Du, mir scheint die blochbäurischen Holzknecht kommen nit ohne Grund! Nimm di in Acht!

Bachwirt.

I fürcht' mi nit, Simerl!

Wawerl.

Nu', also, tröst' di, Mirzerl; i werd' dem Vater schon zureden, soviel als i kann, daß er wieder guat wird, und wann's ernst wird mit der Hochzeit, werd' schon wenigstens i am Ehrentag' kommen, wann öpper er nit dabeisein wullt'.

Mirzerl (bereits b-im Tische).

I bitt' di recht schön, Mutter, ja und kimm g'wiß.

Kathi.

Wir möchten halt d'Hochzeit heunt über drei Wochen halten.

Hans.

Je eher, je lieber! (Beiseite.) Damit i einmal zu mein' Geld kimm.

Wawerl.

Is mir eh' recht und Zeit g'nug, daß sich mei'
Mann bis selben hin wieder a bissel besänftigen kann.

Sag-Simerl.

Dei' Mann meint halt, er enterbet d'Mirzerl und
gabet ihr nit einmal den Pflichttheil, wie er daneh'
aufbegehrt hat.

Wawerl.

Ah, bei Leib' nit, er wird schon nachgeben, und
wann nit, werd' schon i in der ersten Zeit aushelfen
soviel, wie und wo i kann.

Hans.

Siehst, Mirzerl, du brauchst noch nit zu ver-
zweifeln und mit mir wirst ah ka' Kellnerin, „wo a
jeder Fuhrmann absteigen und mit ihr herumschmieren
kann", wann er will, wie dei' Vater g'meint hat.

Bachwirt (mit den Gläsern aus dem Hause kommend).

Red' nit so was Dummes daher! Ma' muß nit
alles Böse, was ma' hört, im Gedächtnis b'halten,
vergessen is's Beste, was nit mehr anders z'machen
is. (Plauscht mit den Holzknechten.)

Wawerl
(welche ihren Kaffee bereits fertig getrunken).

So, i sag' vergelt's Gott, und was bin i denn
schuldig? J muß ja voll Eil' schauen, daß i wieder
heimkimm', sist geh' i öpper mein'm Mann z'lang
ab; i hab' der Reserl g'sagt, i war zum heiligen
Segen in die Kirchen 'gangen. (Sucht nach ihrer Geldbörse.)

Hans (beiseite).

Ma' sieht, daß den Weiberleuten ka' Ausred'
z'schlecht is.

Kathi.

War' nit schlecht, wann wir uns was zahlen
ließeten, wo wir schon halb und halb in der Freundschaft sein; laß's gehen!

Wawerl.

So dank' i enk halt derweil' gottsleißig für'n Kaffee
und für alles, was's bisher der Mirzerl Gutes
'than habt's; i werd' schon mei' Schuldigkeit noch
zahlen und begleichen. (Zur Mirzerl gewendet.) Da hast a
paar Zehner.

Mirzerl.

Vergelt's Gott, Mutterl, viel' tausendmal!

Kathi.

Is nit der Mühe wert, daß's'b' von der Schuldigkeit red'st.

Wawerl.

Dennoch is mir hiatzt a Stein vom Herzen g'fallen,
weil i sieh, daß d'Mirzerl so guat aufg'hoben und
guat aufg'legt is.

Sag-Simerl.

Guat is'j' aufg'hoben!

Wawerl.

I werd' schauen voll Eil' und voll Leben, was i
weiters noch thun kann. (Erhebt sich, um zu gehen.)

Sechster Auftritt.

(Vorige und Traidhofer, welcher, von links kommend, beim Bachwirt vorüber-
gehen will.)

Sag=Simerl (ruft hinaus).

Heda, Traidhofer, kimm anher a wen'gerl! Dei'
Nachbarin is da! (Zur Mehringerin.) Bleib' da noch a
bissel und setz' di nieder, du versäumst ja nix. (Sie thut es.)

Wawerl.

Nu' ja, wegen a paar Minuten is eh' noch nit aus
und g'schehen.

Traidhofer
(eintretend und auf den Haustisch zugehend).

Grüß' enk Gott allerseits. — O, da triff' i ja
d'Mirzerl und ihr' Mutter ah dabei!

Wawerl.

Wie die Kuh halt neben dem Kalberl! Grad' will
i heimgehen.

Traidhofer.

Dös is g'scheidt, hab' i gleich an' Kameraden zum
Mitgehen.

Sag=Simerl.

Wirst doch nit gleich wieder rennen? Vergunn dir
einmal a Viertel!

Traidhofer.

I muß heimzu gehen und kimm nur af an' Sprung
da herein, denn bald hätt' i d'rauf vergessen: i hab'
ja der Mirzerl an' schön'n Gruß von meiner Sefferl
ausz'richten. (Zum Wirte.) Bring' mir g'schwind a Viertel
Wein.

5*

Mirzerl.

Von der Sefferl? I dank' ihr recht herzlich und schön, i laß'j' ah vielmals und vom Herzen grüßen.

Traidhofer.

Schön'n Dank, i werd's ausrichten.

Mirzerl.

Und sagt's ihr ah: heunt in drei Wochen is d'Hochzeit zwischen mir und meinem Hans und i lad'j' dazu ein, sie soll aber g'wiß kommen.

Traidhofer
(stürzt den Wein auf einmal aus und zahlt).

Freilich muß'j' gehen und wird sich g'freuen, wenn i ihr's sag'.

Bachwirt.

Und du wirst jedenfalls a mitsammt deinem Weib gehen, wenn du schon der Nachbar vom Mehringer bist.

Traidhofer.

Recht gern bin i dabei und umso eheuter, je weniger i 'gangen war', wann mit'm Blochbäurischen was d'raus worn war'.

Wawerl (lächelnd).

Hahaha, af d'Letzt' hab' i heunt no an' guaten Tag und guate Freund' g'funden, di mi trösten, daß ma' frei af derer Seiten da besser g'fahren waren, als af der andern.

Traidhofer.

Aber 'leicht nit?

Sag=Simerl.

G'wunnen habt's dabei!

Traidhofer.

Oder weißt du's denn, ob der Lümmel von an' Blochbauern Michl nit ebensogut bei' Tochter ah noch derschlagen hätt', wie er mein'n Suhn um's Leben 'bracht hat?

Bachwirt.

War' der Michl wirklich, wie ma' hört, ganz leer beim G'richt' aus'gangen?

Traidhofer.

Ganz leer! — I muß gehen, sist z'springt mir die Zornader! (Geht anfangs rasch nach rechts ab, verlangsamt aber später seine Schritte.)

Wawerl.

Wart' i geh ja ah gleich mit. (Zu den Bachwirtischen, allen die Hand reichend.) Also wann's was braucht's oder mir was z'sagen habt's, schickt's mir halt d'Sag=Simerl Jula da hinaus.

Jula.

Recht gern mach' i die Zwischentragerin, und zu was war' i denn in der Verwandtschaft?

Wawerl
(allen die Hand reichend und ihre Tochter ablüssend).

So p'süat' enk Gott alle nochmals, und sei recht guat, Hans, mit der Mirzerl. (Sie geht unter Thränen und langsamen Schrittes ab und dem Traidhofer nach.)

Hans (nachrufend).

Besser als wie mit mir selber, Mehringer=Mutter!

Mirzerl (ebenso).

P'füat' di Gott, mei' lieb's Mutterl.

Wawerl (sich nochmals zum Gruße umwendend).

Bleib' g'sund, Mirzerl; mußt di nit kränken! (Ab.)

Sag=Simerl.

A so a guat's Mutterl hab' i noch nit g'sehen!

Bachwirt.

Mirzerl, dei' Mutterl hat di mehr als gern; kannst di recht g'freuen mit ihr und dir was einbilden af sie.

Mirzerl.

J hab's' ja grad' ah so gern, wie sie mi.

Sag=Simerl.

Geh, Hans, damit wir wissen, daß wir im Wirts= haus sitzen, spiel' auf an lustigen Stein=Steirer, sist wern wir noch alle trübsinnig und kopfhängerisch. Laß's vürigehen! Wir tanzen dazu a wenig, geh' her, Jula!

Bachwirt.

Wahrhaftig, heunt können wir lustig sein, weil d'Heiratsg'schicht so an' guaten Fortgang g'nommen hat.

Sag=Simerl.

J glaub' ah, daß wir schon g'wunnen haben! Wann wir uns heunt nit guat g'schehen lassen kunnten, so wußt' i ka' bessere Gelegenheit und Veranlassung mehr, als d'Verlobung von deinem Hanserl mit der Mirzerl. Laß's vürigehen, Hans!

70

Hans.

Gilt! (Er bläst und tanzt dabei gleichzeitig mit der Mirzerl, während der Sag-Simerl mit seiner Jula und der Wirt mit seiner Kathi die weiteren Paare bilden. Plötzlich nach dem Beginne des Tanzes stürmen die vier Holzknechte von ihrem Tische heran.)

Erster Holzknecht.

Buam, gehen wir's an!

Zweiter Holzknecht.

Holz her!

Dritter Holzknecht.

Lass' ma's vürigehen!

(Rasch nacheinander.)

Erster Holzknecht.

Die drei Mannsbilder! (Los auf dieselben und bearbeiten sie mit ihren Fäusten.)

Alle Holzknechte.

Schöne Grüße von unserem Blochholze!

Sag-Simerl.

Dö Falschheit!

Bachwirt.

Dö Hinterlist!

Hans.

Auweh!

(Rasch nacheinander.)

(Die Weibsleute eilen kreischend und unter Hilferufen wie: „Marand Josef! Hilf!" ins Haus ab.)

(Der Vorhang fällt. Ende des dritten Aufzuges.)

———————— ——

Vierter Aufzug.

(Gaststube beim Bachwirt. Rechts der Eingang aus dem Hofe, links neben
der Schank der Ausgang in die Küche. Hinten, nahezu in der Mitte der mächtig
vorspringende Kachelofen, an dessen linke Seite ein viereckiger Tisch sich an-
schließt. Auf der rechten Seite führt der schmale Gang durch die stets offene
Thür in einen kleinen Kammerzubau; in diesem die Wäscherolle und eine
Schrotmaschine. Um den Ofen die Lehnbank mit Geländer.)

Erster Auftritt.

(Bachwirt mit dem gegenüber auf der Ofenbank sitzenden Hans und Sag-
Simerl und dem im Hintergrunde befindlichen Traidhofer spielen ein Karten-
Kreuzspiel; Kathi und Jula sitzen spinnend vorne auf der Ofenbank und
plauschen heimlich miteinander; Mirzerl im halbzerrissenem Gewande treibt
in der anstoßenden Kammer die Gerstenschrotmaschine und schluchzt dabei fast
ununterbrochen.)

Bachwirt

(die Karten des abgethanenen Spieles heftig auf den Tisch werfend und sich
ein Glas Wein von der Schank holend).

Teufel noch einmal, Hans, du spielst aber heunt
schon was z'samm', dass's a Schand und a Spott is!

Hans.

Wie hab' denn i dös schmecken können, dass 'sAß
beim Sag-Simerl drinnen steckt!

Sag-Simerl.

Wegen dem Guldenzettel wird's doch noch nit
g'schehen sein! (Zum Wirt.) Schenk' mir ah gleich a
Viertel af mei' Rechnung aus der Schuld ein!

72

Bachwirt.

Nu' ja, da bringen wir's weit, wann ka' Geld ins G'schäft hereinkimmt und der Wein fleißig durch die Gurgel rinnt.

Sag=Simerl.

So viel seid's mir ja noch gar nit schuldig, als i Wein trinken möcht'.

Bachwirt.

Wann's af dei' Mögen d'rauf ankamet, dös ver= traget a großer Weinkeller nit, viel wen'ger mei' klaner. (Bringt zwei Glas Wein.)

Hans.

Es gebt's die Karten, Traidhofer!

Traidhofer.

Also — hiatzt krieg' i 12 Gulden.

Bachwirt.

Bitt' di um Gott's willen, wir rennen dir nit davon, so wenig, wie mei' G'schäft oder mei' Häusl.

Traidhofer.

Dös sag' i ah nit, i fürcht' mi eh' nit, aber es is nur — daß ma' davon red't. (Sie schweigen und richten ihre Karten.)

Kathi (zur Mirzerl den Kopf wendend).

Nu', nu', mir scheint, du schläfst gar da drin' ein? Schau', daß i dir nit hilf'; du verdeanst dir ja nit einmal dei' Brot, viel wen'ger was anders.

Jula (mit einem verächtlichen Deuter auf Mirzerl).

Sie wird halt g'meint haben, sie kann da a blitz=
saubere Wirtin spielen, die nix thun därf, als mit'n
Gästen herumliebeln oder sich den Hof machen lassen.

Kathi.

Na, für gar so dumm hätt' i' j' doch nit g'halten.

Jula.

Ja, ja, glaub' mir's, sie is so dumm: sie hat sich
's Leben ihr Lebtag wie a lustig's G'spiel vorg'stellt
und hat sich wahrscheinlich denkt, sie fahret umso
sicherer dabei, wann'j' noch dazu an Spielmann
heiraten that.

Kathi.

Und dazu hübsch a Geld ins Haus mitbringen
möcht', was aber bis heunt noch nit g'schehen is.

Jula.

Was? Noch nit? Geh' weiter! War' nit aus!

Kathi.

Meiner Seel' und Gott, nit an Kreuzer haben wir
von dem G'sindel draußen noch z'sehen 'kriegt.

Jula.

A saubere Sippschaft!

Kathi.

Lass' mi aus, a recht's Hungerleidervolk.

Zweiter Auftritt.

(Vorige und die Ansager-Conerl, welche einen Brief bringt.)

Ansager-Conerl.

An' Brief für'n Hans hätt' i da.

Kathi.

Wird wieder was Lieb's drinnen stehen.

Hans (rasch herbeispringend).

Jehers, d'Conerl, dös blitzmuhsaubere Dirnderl is
da! (Öffnet hastig den Brief und liest ihn.)

Ansager-Conerl.

Zwa Kreuzer krieg' i für's Zustellen.

Kathi (in den Sack darnach greifend).

Nu', nu', g'schehen wird's doch noch nit sein! Oder
hast es 'leicht gar so gnädig?

Ansager-Conerl.

Freili, weil i heunt noch mit an' Brief zum Alm-
hiasl hinaufgehen muß.

Jula.

Mir scheint, du gehst ah ohne Brief selben gern
hinauf.

Kathi.

Sie macht sich halt selber zum Brief.

Ansager-Conerl.

O na'! So abgreifen wie an' Brief laß' i mi
noch nit!

Kathi.

Da hast deine zween Kreuzer.

Ansager-Lonerl.

Vergelt's Gott.

Hans (wirft den Brief seiner Mutter in den Schoß).

Was zween Kreuzer hast kriegt? Von mir sollst
noch 3 Busserln als Draufgeld kriegen. (Bringt dies gerade
vor der Kammerthür unter einigem Widerstreben Lonerls zur Ausführung.)

Sag-Simerl.

Geh' her, Lonerl, i gib dir ah noch zwa dazu,
dass'd' deine Fünfe voll hast.

Jula (dazwischentretend).

Schau', schau', dass dir nit was träumt! Solche
Ungehörigkeiten!

Ansager-Lonerl.

P'füat' Gott! (Ab.)

Jula.

Schau', dass'd' außi kimmst!

Kathi.

Nu', was steht denn oft in dem Brief g'schrieben
drin, Hans?

Hans (der auf seinen Platz sich begeben).

Wenn eh' d'Mutter den Brief in der Hand hat.

Jula (hineinlugend).

Wer kunnt' denn die Kreuzlerei da lesen?

Kathi.

Wann's du'n eh' schon g'lesen hast, braucht ma'n
überhaupt nit a zweit's Mal mehr z'lesen! Kannst es
ja derzählen ah, was drinnen steht.

Hans.

Ah, a Dummheit!

Bachwirt.

Werd'n halt i lesen! Gib'n her den Brief.

Hans.

Nu', der Wirt von Fludergraben schreibt halt, i
war eahm 25 Gulden schuldig; i sull'j' zahlen oder er
klaget mi bam G'richt'.

Bachwirt
(aufspringend und die Karten auf den Tisch schleudernd).

Donnerwetter noch einmal, du bist aber schon a
jaggrischer Haderlump, wann's'd' schon sist nix af der
Welt bist.

Hans.

J? — A Haderlump?

Kathi.

Geh', Mann, harb' di nit a so.

Bachwirt.

Du wirst ja schon bei mein'n Lebzeiten 'sganze
Häusl sammt'm G'schäft schuldig! Heunt a Spielschuld,
morgen a Zechschuld und a jeder Tag bringt a neue
Unglücksnachricht. Aber von an' Geldhereinkommen
hört ma' sei' Lebtag nix.

Hans.

Muß Alles mei' Schwiegervater zahlen.

Kathi.

Kann wohl sein! Aber wer kann denn was dafür,
wenn dös Mensch da (mit einem Seitenblick auf Mirzerl) ka' Geld
z'wegen bringt.

Sag=Simerl.

Wer waß's hab'n'j' an's!

Kathi.

Du mußt ja deine Leut' schon von früher her kennt haben? Oder habt's ös dahoam von Sagschaiten g'lebt?

Bachwirt.

Wann ma' schon in a Wirtshaus hineinheirat', muß man ah a Geld mitbringen, g'rad' so wie der, der in a Wirtshaus gehen will.

Jula.

Sie wird halt denkt haben, sie ißt und trinkt af Borg.

Hans.

Red't's überhaupt nix mehr mit dem blöden Weibs= bild, ihren Vater werd' i schon dranfriegen, über kurz oder lang.

Dritter Auftritt.

(**Vorige**, ohne Lonerl, und **Blochbauer**, welcher mit überaus ernster Miene eintritt und mit durchbohrendem Blicke auf Sag=Simerl schauend, eine Zeit lang vor der Thüre stehen bleibt. Die Wirtin eilt rasch zur Kammertür und schlägt sie zu, damit er von den Leiden der Mirzerl nichts sehe.)

Blochbauer (zum Sag=Simerl).

Also da bist du z'finden, statt af der Holzsag' draußen?

Sag=Simerl.

Nu', nu', d'Sag' wird ja nit davonrennen, und wann a Wasser g'nug fortrinnt, kimmt anders g'nug nach.

Blochbauer (drehend seinen Steck erhebend).

Frozzeln willst du mi ah noch?

Sag-Simerl.

G'schehen wird's deswegen doch noch nit sein,
wann man a bissel d'Halbfeiertag heiligen thut.

Blochbauer.

Ma' hört aber, daß du schon hübsch viel Halb=
feiertag' im Monat halten thust und alle Wochen a
paar Mal an' G'hörigen mit ins Saghäusl hinaus=
bracht hast.

Sag-Simerl.

Müßt' nur höchstens an a'm Sonntag g'wesen
sein? Und an a'm Sonntag dürf ma' doch hoffentlich
an' G'hörigen haben! Zu was war' er denn sist der
Sonntag?

Blochbauer.

Zum Rauschigsein wohl ah nit, wann's'b' schon
nit weißt, daß der Sonntag der Ruhetag des Herrn
is und an dem ma' sich mit was Höherem beschäftigen
und af d'Werktag wieder vorbereiten soll.

Sag-Simerl.

Ah so? Hahaha, — i hab' alleweil fort g'meint,
i stärket mi mit'm Wein für die kommende Wochen
und bereitet mi af dö Weis' vor! Dazu kimm i,
wann mir der Pfeifer-Hanserl da was vorspielt,
leichter ins Höhere hinein, als du mit deinen Gebetern.

Bachwirt.

Schau', daß'b' außi kimmst, wann's'b' schon nix
trinken willst.

Blochbauer.

Kunnt' mir ah gar nit einfallen, wann mei' Sag=
meister eh' mehr wenn g'nug sauft.

Sag=Simerl.

Und kann sich sein' Durst doch nit löschen!

Blochbauer.

A Mensch. der beim Wasser arbeit't, soll gar nit
durstig sein.

Sag=Simerl.

Nach'm Wasser wuhl nit, denn i sieh so viel alle=
weil vorbeirinnen, daß mir oft frei davor graust,
umso lieber sieh i aber dafür den Wein.

Blochbauer.

In dem Fall' war's g'scheidter g'wesen, du war'st
g'statt an' Sagmeister a Wirt worn, — übrigens
werd' i mi von heunt an um an' andern Sagmeister
umschauen. (Wendet sich zum Gehen.)

Sag=Simerl.

Meinetwegen, is mir wurscht; bin froh, wann i
von dir, du Leutschinder, wegkimm'.

Blochbauer
(im Abgehen zu der aus der halb geöffneten Kammerthür schauenden Mirzerl).

Armer Hascher, mußt di recht schwar plagen.

Mirzerl.

I bitt enk, redt's a Wort bei mein' Eltern.

Blochbauer.

Tröst' di, bei' Erlösung wird ah bald kommen.
(Ab; die vier Mannsbilder fahren in die Höhe und die beiden Weiber schreien kreischend durcheinander.)

Kathi.

Schau', daß'd' dei' Thürl zumachst, du nixnutzig's Mensch!

Bachwirt.

Geizhals, schau', daß'd' außikimmst.

Traidhofer.

Du, Mörder du!

Sag-Simerl.

Leutschinder, erbärmlicher!

Jula.

Aber so was! So a Keckheit, wia der Mensch daherkimmt und nix trinkt und ißt und dafür noch aufbegehrt!

Hans.

Spielen wir weiter!

Sag-Simerl.

Ah was weiter spielen! Weiter trinken!

Bachwirt.

Wie kann ma' denn dös, wann ma' gar kan' Verdienst nit mehr hat? Oder dös Bissel verliert, was ma' noch g'habt hat?

Sag-Simerl (wirft die Karten weg).

Da schau' di an! Fangest du mit mir ah noch zum Streiten an? Is dös der Dank für Alles, was i enk Guat's 'than hab'?

Kathi.

'leicht für den Vielfraß da drin', den du uns zu'bracht hast? Da muß i schon ah a Wort dreinreden!

Jula.

Nu', a paar Hunderter hat enk ihr' Mutter ja eh' schon zug'steckt.

Kathi (die Arme in die Hüften stemmend).

Du vermaledeit's Sagmeister=G'sindel!

Sag=Simerl (rasch).

Geh'n wir, Jula! Wir haben da nix mehr ver= loren.

Kathi.

Glaubt's ös 'leicht öpper, wir sulln enk dö paar Gulden, die wir mit knapper Noth 'friegt haben, gar zum Versaufen und Verfressen hinschmeißen?

Sag=Simerl.

Nix für unguat! Geh'n wir, Jula! „Undank is der Welt Lohn." (Ab mit seinem Weibe.)

Kathi.

Du nixnutzig's G'sindel, da hört sich aber schon alles auf.

Bachwirt.

Ma' hat eahn eh' 'than, was ma' thun hat kinnen.

Traidhofer.

I zahl' ah' gleich.

Bachwirt.

Aber dass'd' schon gehen magst, Traidhofer, häst 'trunken noch a Viertel, wurd' dir ja nit g'schad't haben.

Kathi.

Kann wuhl sein, und da hast dir's ja verdeant und hast di g'nug 'plagt in dein' Leben.

Traidhofer.

'Sselb' freili, aber i muss dennoch geh'n, sist kimm i ja z'spat hoam zu mein' Leuten.

Kathi.

Nu', nu', bei uns da g'schieht dir ja nix.

Traidhofer.

Eh' so, eh' so, aber schauen muss ma' halt doch wieder, dass ma' hoamzu kimmt, wann's einmal Zeit is.

Hans.

I lass' d'Sefferl schön grüßen!

Traidhofer.

I dank' schön! (Beiseite:) Möcht' er die ah schon wieder haben. (Ab.)

Kathi.

G'scheidter war's g'wesen, du häst d'Sefferl g'heirat't statt derer Gans da drinnen.

Hans.

Kann noch alleweil g'schehen!

6*

Kathi (zur Mirzerl).

Schlaf' nit ein bei deiner Arbeit, du Faulpelz.
(Langt für sich nach einem Häfen Kaffee in die Ofenröhre.)

Vierter Auftritt.
(Die Bachwirtischen und d'Halder-Nanderl mit einem Korbe auf dem Rücken.)

Hans.

Jekers, wer da daher kimmt: mei' schöne Nanderl!
(Nimmt sie rasch um den Hals und küßt sie vor der Kammerthür ab, die von der Mirzerl angelehnt wird.)

Kathi.

Was kriegst denn, Nanderl?

Nanderl.

An' Metzen Schrotmehl. (Stellt den Korb ab.)

Kathi (zur Mirzerl rufend).

An' Metzen Schrotmehl! (Zur Nanderl.) Und sist nix?

Nanderl.

Und die Flaschen voll Wein. (Läßt den Korb stehen und begibt sich zur Schank, wobei Hans nicht von ihrer Seite weicht.)

Kathi (zur Mirzerl hineinrufend).

Du, Thörische, hast nit g'hört? An Metzen Schrot=
mehl! Oder muß i 'leicht selber hineingehen und
drin a Wort mit dir reden?

Mirzerl
(schleppt einen Metzen Schrotmehl, bereits in einem Sacke hergerichtet, heraus).

Da is er.

Kathi.

Dummkopf! Glaubst du, wir wern unsern Sack
hergeben, wann sie a so ihren eigenen mit hat?

Leeren wir um! (Sie hält den Sack der Halder auf, während Mirzerl den Inhalt des ihrigen umleert.) Paß' auf, du dumme Gans, iist kriegst eine —, daß dir Hören und Sehen vergeht. (Sie schüttet etwas Schrotmehl auf die Seite.) So dumm, nit einmal umleeren kann'i'. Zu was du af der Welt bist, is mir rein unbegreiflich. Du bist ja jedem Menschen nur zur Last. Dabei der wilde Hamur.

Nanderl (vom Schanktische kommend).

Traurig g'nug, wann a junge Wirtin so dalkert is und in an' Wirtshaus, wo's immer lustig und fidel zugehen soll, a harb's G'sicht macht.

Kathi.

Hörst du's, du Saurampfer?

Hans.

Zehnmal g'scheidter war's g'wesen, Nanderl, wann i di g'heirat't hätt', als den schiachen Kachelofen da!

Nanderl.

Was nit is, kann ja noch wern! Anders verstund' i's, a Wirtsg'schäft herz'richten und vüriz'bringen, als die Nocken da, die enk nur die Gäst' vertreibt.

Kathi (zu der in die Kammer abgetretenen Mirzerl).

Das is g'scheidt! Das is recht, daß ihr endlich amal wer Fremder d'Wahrheit ins G'sicht sagt, iist meint'i' am End', wir thun ihr aus Bosheit unrecht.

Hans (den Korb aufhelfend).

Mit an' Wort, Nanderl, i kimm am nächsten Dunnerstag, wann d'Heumahd is, mit mein' Klarinett hinauf zu enk oder vielmehr zu dir.

Nanderl.

Daß'd' aber g'wiß kimmst und uns nit zum Besten halt'st, süst such' i mir an' andern Spielmann.

Hans.

Fürcht' di nit, i kimm schon dir z'Lieb'.

Nanderl.

Zahlen thut der Vater am nächsten Sunntag, p'füat' enk Gott Alle. (Ab.)

Bachwirt.

Is schon guat, ös rennt's uns nit davon.

Kathi (nachrufend).

Bring' einmal an' Strizzel Butter!

Hans.

Wann i ah verheirat't bin, aber sogar d'säubersten Dirndln rennen mir nach bis ins Haus.

Kathi.

Kind, war'st ja nit umasist der Pfeifer von der Sierning.

Bachwirt.

Aber gar so viel wert muß er doch nit sein, der Pfeifer, weil ihm der Mehringer draußen ah was pfeift.

Hans.

Vater, bring' mi nit auf! Süst jag' i'j' heunt noch hinaus in ihr' hoamatliche Keuschen.

Bachwirt.

So, wer triebet denn oft d'Schrotmaschin', solang' der Gang draußen nit wieder herg'stellt is?

Hans.

J nit!

Bachwirt.

Also sei froh, wenigstens haben wir derweil an' Deanstboten.

Kathi.

Der aber zu sist nix brauchen is; denn dö faule Haut bringt ja nix weiter und kann nebenbei nix anders.

Bachwirt.

So sull'j' holzklieben in'n Hof außi gehen!

Kathi.

Hast nit g'hört, du Überflüssige? In'n Hof sullst außigehen, holzklieben!

Hans
(der gerade bei der Hofthür steht, schupft Mirzerl, die hinausgehen will, zur Küchenthür hin).

Das versteht ja der Esel gar nit oder verschandelt mir höchstens noch 'sganze Holz! Sie sull lieber in der Kuchel 'sG'schirr' abwaschen, 'sis g'scheidter.

Kathi (sie wieder von der Küchenthür zurückstoßend).

Nit unterstehen, dass'j' mir in die Kuchl geht und mir 'sganze G'schirr verschmiert und verunreinigt.

Bachwirt.

Saggeraloth, aber was muss doch machen, wann'j' schon kane Ducaten machen kann? Putz' und wasch' die Gläser bei der Schank da aus.

Hans.

Wahr is's, a Kellnermensch spielen, is 's Allerg'scheidteste und Passendste für sie, wie ihr Vater g'sagt hat, bei der a jeder Fuhrmann einkehren kann.

- - ...

Fünfter Auftritt.

(Vorige, ohne Halber, und ein Gerichtsdiener mit Umhängtasche.)

Diener.

Guten Abend.

Bachwirt.

O, der Herr Deaner! Was bringen's' uns denn für Neuigkeiten?

Kathi (befehlend zur Mirzerl).

Geh' außi g'schwind' und räum' 's Häusl aus! (Mirzerl ab.)

Diener.

Ja, was werd' denn i für Neuigkeiten bringen?

Bachwirt.

Nehmen's' nur Platz, Herr Deaner.

Diener (sich niederlassend).

Bin eh' schon stockmüd! Bis ma' den weiten Weg da herein macht, muß ma' guat af d'Füß beinander sein.

Bachwirt.

Mutter, gib a Glas Wein her. (Sie thut's.)

Diener.

Ja, a guater Wein is heutzutag' gar nit zu verschmähen und wahrhaftig was wert.

Kathi.

Was bringen'j' uns denn aljo für Neuigfeiten?

Diener.

Mein Gott, was für Neuigfeiten?

Bachwirt.

Nehmen'j' Ihnen nur a Brot dazu! Greifen'j' nur an!

Diener.

Mit Verlaub! (Nimmt ein Stück Brot und würgt es in großen Stücken hinunter.) Zeitungen lejen Sie feine?

Bachwirt.

Na', denn mir is erstens für meine Augen der Druck z'fla', zweitens fosten'j' mir z'viel und drittens is ein Drittel in den Zeitungen für gewöhnlich a leer's G'wäsch, 's zweite Drittel derstunfen und ber= logen und 's dritte Drittel, b'eigentliche Wahrheit, schwar herausz'finden.

Diener.

Recht haben Sie, Herr Bachwirt, recht haben Sie; ich lej' ja auch nur die Tagesneuigfeiten und die verschiedenen Murdthaten, die alle Tag' in der Groß= stadt g'jchehen.

Bachwirt.

Nehmen'j' Ihnen nur noch a Stück Brot, greifen'j' zu!

Diener.

Mit Verlaub, wenn i jo frei jein darf?

Bachwirt.

Is ja da!

Diener.

So was begegnet einem ohnehin nit alle Tag' am Lande heraußen; denn viele Bauern sind derart ver= armt schon, daß sie selber kein Brot mehr zu essen haben, geschweige denn, daß sie noch dem Gerichts= diener eines vorlegen könnten, der ihnen ohnehin nur die Execution ins Haus bringt.

Bachwirt (am ganzen Leibe zitternd).

Sie wern uns doch nit —

Kathi.

Öpper d'Execution bringen?

Hans.

Ah, nit mögli!

Diener (zögernd).

Es is leider so.

Bachwirt.

Ja wie denn? Von wem denn? Wie kunnt' denn dös sein?

Kathi.

Wer hätt' uns denn 'klagt? Wer war denn so hart= herzig?

Diener.

Mein Gott, wer hätt' denn 'klagt? Der Doctor Amschel Grüner halt, unser neuer Advocat.

Bachwirt.

War nit aus?

Hans.
Den kenn' i ja gar nit!

Diener.
Der hat alle Schuldforderungen zusammen über-
nommen, die gegen Johann Mostler ausständig sein
— ich bin da hoffentlich recht beim Bachwirt? Nit
wahr?

Bachwirt.
Ja, beim Bachwirt heißt's da, leider Gottes.

Hans.
Aber wie kunnt' denn bös sein, daß i so viel
schuldig war'?

Diener.
Es sind verschiedene Wirte und G'schäftsleute da,
welche alle ihre Forderungen, wie g'sagt, dem Doctor
Amschel Grüner zur Eintreibung übertragen haben.

Hans.
Du verfluchter Jud! Wann i di allein wo der-
wischen kunnt'!

Diener.
Der nimmt Alles z'samm', was er find't, und wann's
noch so anrüchig is; derentwegen is er ja a Advocat,
wie's so viele gibt.

Bachwirt.
Um Himmels willen, wie hoch sein denn oft
d'Schulden?

Diener.

Nu', das können wir ja gleich sehen! (Er öffnet die Tasche und entnimmt einen Auszug aus den Klagschriften.) Wir brauchen ja nur z'lesen und die einzelnen Posten zu nennen. Also, da is der Gastwirt Johann Reininger in Schrotten=stein mit 75 fl.

Bachwirt.

Himmel — Erdboden! (Beiseite zum Hans.) Derschlagen möcht' i den Kerl!

Hans (beiseite).

Ja, d'schwarze Katherl hat mir viel Geld 'kostet.

Diener.

Nachher is der Wirt „In der Reith" Aron Mischer mit 375 Gulden.

Kathi.

Maria und Josef!

Bachwirt.

Bua, i derwürg' di! (Die Mutter deckt den Bedrohten.)

Hans.

Das muß an Irrthum sein, so viel kann i nit 'braucht haben! (Beiseite.) Der Juden=Wirt hat a sauber's Maderl aus der Stadt daher'bracht.

Diener.

Die dritte Forderung hat der Dorfkrämer Moses Leib Ehrlich mit 1244 Gulden.

Bachwirt.

Nu' also! (Auf den Stuhl sinkend.) 's Häusl is beim Teufel.

Hans.

Aber so viel is ja 's Häusl gar nit einmal wert, weil's schon baufällig is.

Kathi.

Was häst denn du beim Ehrlich so viel z'kaufen g'habt?

Hans.

Mei' Gott, Tabak und Verschiedenes! (Beiseite.) Und Geld gegen hohe Zinsen hat er mir ah g'liehen, damit i meine Spielschulden hab' zahlen kinnen.

Bachwirt.

Hiatzt können wir gleich gehen, Mutter, wir sein fertig.

Diener.

Außer es hilft der Schwiegervater aus; der soll ja sehr vermöglich sein.

Kathi.

Meinen sullt' ma' wuhl, aber —

Bachwirt.

Opper macht der Hans an' Fußfall? Hans, — was war's denn?

Hans.

J? — Eher häng' i mi auf! (Rasch ab durch die Hofthür.)

Diener.

's G'scheidtere war's schon; denn i glaub', der Mehringer ließet sich, soweit ich ihn kenne, erbitten.

Kathi.

I bitt' Ihnen, Herr Deaner, was haben wir schon Alles 'than, aber Alles is für die Katz g'wesen.

Diener.

Dann kann ich auch nicht helfen. Jetzt aber möcht' ich bitten um meine 50 Kreuzer Zustellgebür. (Er erhebt sich zum Gehen.)

Kathi.

Du hörst, Mann!

Bachwirt.

A so! (Sucht die Geldlade aus.) Hast es du nit, Mutter!

Kathi (ihren Kittelsack umdrehend).

Nit' an lucketen Heller hab' i drin in mein' Säckl.

Bachwirt.

G'rad' so geht's mir, Herr Deaner, mit meiner Geldlad'.

Diener.

Nu' — macht nix, ich werde es schon aufrechnen, wann d'Abrechnung ist.

Kathi.

Sein'j' aber ja nit bös, Herr Deaner.

Diener.

Bei Leibe nicht, i sag' vielmehr derweil Vergelts= gott für's Essen und Trinken, was i 'friegt hab'.

94

Sechster Auftritt.

(Bachwirt, Kathi und Diener; Bürgermeister und Blochbauer, lezter den Hans beim Genick festhaltend.)

Bürgermeister.

Jetzt werd' i an' Richter machen!

Blochbauer.

G'rab' is enker braver Hans mit der Hacken af b'Mirzerl los'gangen!

Bachwirt.

Nit möglich!

Diener.

I werd' gleich das Gericht draußen verständigen.

Kathi.

Auslassen! Auslassen mein'n Hanserl!

Blochbauer (schleudert ihn zu ihren Füßen hin).

Da hast dein'n Haderlumpen.

Bürgermeister.

Mir kimmt er aber nimmer aus, so wenig wie dem G'richt; was i g'sehen hab', kann i beeiden.

(Der Vorhang fällt. Ende des vierten Aufzuges.)

—

Fünfter Aufzug.

(Bauernstube beim Mehringer Veitl. Rechts hinten in der Ecke der große Kachelofen mit Lehnbank; nach vornezu ein Hängekasten. Linker Hand gegen= über dem Ofen ein mächtiges Himmelbett, vor demselben ein Kleiderschrank; in der Stubenmitte ein großer viereckiger Tisch mit Lehnstühlen, hinten die Eingangsthür.)

Erster Auftritt.

(Mehringer beim Tische und sein Weib Wawerl auf der Ofenlehnbank sitzend.)

Mehringer

(einen soeben gelesenen Brief zusammenfaltend und mißmuthig auf den Tisch werfend).

Du vermaledeites G'sindel! So was hätt' i mir in meinem Leben nit denkt!

Wawerl.

Daß du nur gar so auf'bracht und dabei so hart= herzig sein kannst, mir nit einmal z'sagen, von wem der Brief is, den's'b' hiaßt g'rad g'lesen hast.

Mehringer.

Von wem kann denn der Brief sein, den der Post= Peterl g'rad' daneb 'bracht hat? Ha', oder hab' i einmal schon in meinem Leben überhaupt an solchen Brief 'kriegt, daß'd' so neugierig bist und wissen willst, wer mir hiaßt af amal schreibet?

96

Wawerl.

G'schrieben muß dir aber doch wer haben? Lieb's freilich nit, sist war'st nit gar so harb und auf'bracht.

Mehringer.

A Liebsbrieserl is's wuhl nit; da hast einmal recht!

Wawerl.

Ost stammt er ah nit von unserer Freundschaft her?

Mehringer.

Wenigstens von der echten und rechten nit!

Wawerl.

Du Boshaftiger, bin i neugierig! Geh', Veitl, so sag's, von wem der Brief is.

Mehringer
(schleudert ihr den Brief zur Ofenbank hin).

Les'n selber!

Wawerl.

Geh', du Wildling heunt wieder einmal! Wie sull'n denn i lesen, wann's'd' weißt, daß i nit einmal 's Druckte g'scheidt lesen kann, viel wen'ger 's G'schriebene? (Sie trägt den Brief ihrem Manne wieder zum Tische hin und setzt sich ihm gegenüber.)

Mehringer.

Häst mehr g'lernt in der Schul', so kunntest hiatzt was.

Wawerl.

Geh', geh', herentgegen kunnt' i ah, wann i gleich wullt', neamt so an' Brief schreiben, wo solche Sachen zum Harben drin' sein.

Mehringer (seufzend).

Jawuhl zum Harben, — aber hiatz setz' i erst recht mein'n Kopf auf! (Er schlägt mit der Faust auf den Tisch und öffnet wieder langsam den Brief.)

Wawerl.

Gott sei Lob und Dank, daß i endlich einmal derfahr', von wem der Brief is?

Mehringer.

Von wem er is? — — Der Mostler-Wirt, unsere saubere neue Verwandtschaft, schreibt uns da.

Wawerl.

War' nit aus, geh' weiter!

Mehringer.

Ja, ja, — aber los' nur und hör' zu, was er schreibt.

Wawerl.

Wird doch nix Schlecht's —

Mehringer.

Sei stad amal, sist kannst'n gleich selber lesen! (Er wirft ihr wieder den Brief hin.)

Wawerl (denselben ihm wieder einhändigend).

Aber geh', mein Veiterl, sei nit gar so kindisch.

Mehringer.

Er schreibt! (Liest.)

Liebe Schwagerleut'!

Ös habt's enk bis asn heuntigen Tag um enfer eig'ne Tochter noch nit an' Augenblick umg'schaut.

Nit an' Kreuzer Geld kriegt ma' von enk z'jehen oder sist a wengerl Lebensmittel, Speck und G'macht. Enker Tochter is aber hungerig und durstig, wie nur a junges Leut hungerig und durstig sein kann, ja weit mehr, als ihr bissel Arbeit im Haus da aus= macht und wert is. Denn verstehen thut' s' einmal von an' Wirtshausg'schäft so viel wie nix; sie is viel z'ung'schickt dazu und z'weng g'fingerlt. Drum sagen wir enk im Kurzen: wann wir nit innerhalb drei Tagen a g'hörige größere Mitgift von enk nachträglich zug'schickt kriegen, schicken wir enk enkere Tochter heim z'ruck, weil wir sie nit umasist fortfüttern können.

An der Sierning,　　　　　　Der Bachwirt:
　am 1. Hundstag 1893.　　　　Zenz Mostler.

Wawerl (die Hände öfter zusammenschlagend).

Maria und Josef, da haben wir's 'troffen!

Mehringer (höhnend).

Haha, hab' i's nit im voraus g'sagt? I hab's eh' g'wußt und hab's ah im voraus g'sagt, wie's aus= gehen wird. — Dö verhungerten Wirtshausleut', die sich nit einmal an' ordentlichen Wein einschaffen können und von der Weinpantscherei und vom Schwindel leben, haben halt 'denkt, sie kunnten g'rad' uns am leichtesten und ehesten den letzten Pfenning h e r a u s = p r e s s e n, — aber fehlg'schossen!

Wawerl.

Na', so schlechte Leut'!

7*

Mehringer.

An Unglück, hab' i schon hundertemal g'sagt, is für jed's Bauernort a Wirtshaus!

Wawerl.

Und wie's' mir schön 'than haben, 's erstemal, wie i d'rin g'wesen bin, und später gar bei der Hochzeit.

Mehringer.

Hiatzt siehst wenigstens, af was eahn Streben und Gedenken g'richt't is: unser Geld wollen'j' haben und weiter nix.

Wawerl.

Meiner Seel', hiatzt kimmt's mir frei selber so vür.

Mehringer.

Guat is's und Zeit is's, daß du's wenigstens einmal einsiehst; ja, dös endliche Einsehen von dir g'freut mi mehr, als mi der Brief verdrießlich machen kann.

Wawerl.

Veitl, und i muß dir aufrichtig g'stehen, daß i mein'n letzten Kreuzer, den i bei der Hochzeit im Säckel g'habt hab', hin'geben hab', mei' ganz's Der= spartes von dem, wann mir d'Sommerleut' hie und da a Milch oder an' Butter ab'kauft haben.

Mehringer.

So schön, das ah noch!

Wawerl.

Völlig a Hunderter is's g'wesen.

Mehringer.

Du vermaledeit nocheinmal, häſt z'ruckg'halten! Aber g'ſchehen is g'ſchehen, und hiaßt kann ma' nix mehr machen, aber wenigſtens is in deinem Plußer ah einmal a Licht auf'gangen.

Wawerl.

Ja, hiaßt geht mir an's auf! Und dös Geld war ſchon verthan hiaßt? Und unſer Mirzerl verſtund' nix? Sie kunnt' nix kochen und arbeiten, dafür aber trinken wie a Suff und eſſen wie a Vielfraß? Derſtunken und derlogen is's, was in dem Brief ſteht.

Mehringer.

Wawerl, hiaßt laſſen wir's gehen! Wir machen nix dagegen, wir halten uns ſchön ſtad z'ruck, ja wir geben gar ka' Antwort af den Brief und reden zu neamt nit einmal a Wörtel von derer ganzen G'ſchicht', als wie wann ma' den Brief gar nit 'kriegt hätten und von nix was wußten.

Wawerl.

Aber 'kriegt haben wir'n halt doch, und der Poſt=Peterl, der'n daneß' 'bracht hat, wird's den Bach=wirtiſchen ah zuſtecken, daß er'n her'tragen und dir eing'händigt hat.

Mehringer.

Ja ja, eß' ſo; daß wir den Brief 'kriegt haben, Wawerl, dös laugnen wir ja ah nit, aber i mein' nur, daß wir uns af'n Brief hin gar nit rühren und nit im geringſten was dergleichen thun ſollen.

Wawerl.

A so! Mein Gott, — aber dö Schand', wann'j
uns d'Mirzerl am End' richtig z'ruckschicketen.

Mehringer.

So! Meinst 'leicht öpper gar, wir sull'n a Fuhr
Geld hineinschicken?

Wawerl.

Ah bei Leib' nit, bei Leib', dös nit; i mein', es
war g'scheidter, wir kameten eahn z'vor und holeten
lieber d'Mirzerl selber ab; ganget oft 's schlimme und
's schlechte G'red' über d'Wirtsleut'.

Mehringer.

Abholen ah noch dazu, meinst? Kunnt' mir nit im
Traum' einfallen!

Wawerl.

Und wann wir ah a paar Gulden hineinschicken
möchten?

Mehringer.

Viel z'wen'g war's eahn!

Wawerl.

Und schicketen's am End' wieder z'ruck?

Mehringer.

Das wuhl nit, eher dei' Mirzerl.

Wawerl.

Joachim und Anna, da weiß i mir oft völlig nit
mehr z'helfen.

Mehringer.

Und fangeten wir zum Schicken an, kriegeten'ſ' ſein Lebtag' nit g'nug, ja af d'Letzt kunnten wir öpper unſer Haus verkaufen und 'leicht gar betteln gehen, für uns um's tägliche Brot und für's Wirtshaus um Gäſt'!

Wawerl.

Oft weiß i mir rein nit mehr aus vor lauter Kummer und Sorgen, oder was i da machen ſull?

Mehringer.
Gar nix! Alles gehen laſſen, wie's geht.

Zweiter Auftritt.

(Vorige und Mirzerl, welche leichenblaß und verweint, abgehärmt und ab- gemagert in ärmlichem Gewande zaudernd zur Thüre hereintritt.)

Wawerl.

Maria und Joſef, Mirzerl, wie ſchauſt denn du aus? Gott im Himmel, ſteh' uns bei! (Sie fällt der Mirzerl um den Hals.)

Mehringer.
Um Chriſti Namen willen, was machſt denn du da?

Mirzerl (ſchluchzend).
Sie haben mi ſo viel g'ſchlagen, die Bachwirtiſchen, und dann aus'm Haus g'ſtoßen.

Wawerl.
Mei' Kind, ja wegen was denn?

Mehringer.
Maria und Joſef!

Mirzerl.

Vor vier Tagen haben'j' an' Brief da heraus=
g'schrieben und Geld verlangt innerhalb drei Tagen;
weil aber kan's kommen is, sind'j' alle, der Wirt und
d'Wirtin und mei' Mann af einmal gegen mi los=
g'fahren und so grob und wild worn, dass —

Wawerl.

G'rad' daneh' haben wir erst den Brief 'kriegt.

Mirzerl.

I weiß's eh', dass der Brief erst heunt da her=
'kommen is, weil mir g'rad' der Sag=Simerl, wie i
bei eahm vorüber'gangen bin, g'sagt hat, er hätt' den
Brief, den er vor vier Tagen zum Aufgeben 'kriegt
hat, drei Tag im Gedanken und vergeßlicher Weis'
in seinem Jankersäckl herum'tragen und erst gestern
beim Postamt ins Kastel hineing'steckt. Davon haben
aber die Bachwirtischen nix g'wußt.

Mehringer.

Und wann wir'n a schon vor 3 Tagen 'kriegt
hätten, hätt' ma' derentwegen ah noch nix g'schickt!

Mirzerl (in die Knie sinkend).

Verzeiht's mir, Vater, dass i da hineing'heirat't
hab', 's Geld schicken hätt' so wie so nix mehr g'nutzt;
denn af ja und na' hätt' mei' Mann 's Geld ver=
lumpt g'habt.

Wawerl.

War' nit aus! Er als Wirtsjohn wird doch nit
's Geld aus'm Haus tragen?

Mirzerl.

Jeden Kreuzer, den er auftreiben kann, nimmt er und geht bald in das Dorf, bald in den Graben, scheinhalber spielen, schmiert aber, wie's mir schon von vielen Seiten zug'sagt worden is, selber mit den Kellnerinnen herum und bringt kan' Kreuzer Geld mehr heim von dem, was er mitg'nommen, viel weniger, daß er an's mit'm Spielen verdient hätt'. Mach' i eahm oft Vorwürf', schlagt er mi noch recht und schimpft mi a Straßen-Fuhrleutdirn hin und her.

Mehringer.

Ha, da haben wir's hiaßt, wie guat wir g'fahren sein, mit derer Heirat! Steh' auf — und geh' mir aus den Augen!

Waverl.

Mann, i bitt' di!

Mirzerl.

Verzeiht's mir, Vater, und vergönnt's mir a Platzerl da im heimischen Haus; i will gern alle und jede Arbeit thun, wie wann i der letzte Dienstbot' war'.

Mehringer.

Steh' auf und geh' hin, wo du willst! Wir brauchen kan' Dienstboten, wir sein selber fleißige Leut' und machen unsere Arbeit selber.

Mirzerl.

Z'ruck trau' i mi nit mehr, Vater, sist wurd' i von meinem Mann' noch derschlagen; denn seine Leut' geben eahm in allem recht.

Mehringer.

So steh' bei anderen Leuten wo ein, bei mir da geht's nit! Trag' dein'n Sack allein zur Mühl', den du dir eing'faßt hast.

Waverl.

Aber Veitl, sei doch nit so hartherzig! Is ja dein Kind!

Mirzerl.

Vater, verzeiht's mir! J bereu' ja alles, was i 'than hab'.

Mehringer.

Dö Schand vor den Blochbäurischen! Ja wann i nur drauf denk', mein' i, mi zersprengen die Gall' und der Gift. Marsch, hinaus!

Waverl.

Mann, i bitt' di um Gott's willen!

Mirzerl (sich erhebend).

So krieg' i also daheim kan' Unterstand mehr, Vater, und könnt's mir nimmer verzeihen?

Waverl.

Ja, ja, ja!

Mehringer.

Na', na', na'! Steh' ein als Dienstbot', wo du willst, bei mir schickt es sich am allerwenigsten; i will nit d'allerletzte Schand' ah noch mit dir theilen, — hinaus aus meinem Haus!

Waverl.

Um Himmels willen!

Mirzerl (schluchzend).

P'süat' enk Gott und verzeiht's mir alles Leid, was i enk an'than hab'. (Ab.)

Wawerl.

Maria und Joseph, Mirzerl, wart'! (Will ihr nachgehen.)

Mehringer
(auf sie zuspringend und zurückdrängend).

Du bleibst da, Wawerl! Nit unterstehen, daß'b' ihr noch an' Tritt nachmachst! Sie sull ihr Suppen selber ausessen, die sie sich ein'bröckelt hat.

Wawerl (sinkt schluchzend auf die Bank).

In Gottes Namen, wann's schon sein muß.

Mehringer.

Sie sull d'Schuld und d'Schand allein selber tragen!

Wawerl.

Aber i weiß's nit, was a größere Schand' is, ob'f' daheim an' Unterstand kriegt oder in an' fremden Haus wo herumkugeln muß?

Mehringer.

An' Dienstboten muß'f' überall abgeben, ob da oder dort, zu einer Frau is sie nit; hätt'f' eine sein wollen, hätt'f' können a Nobel-Bäurin spielen, aber dös hat'f' nit wollen.

Wawerl.

Mein Gott, wer weiß's, ob sich dös Dirndl vor Verzagtheit und Verzweiflung oder aus Ehrgeiz nit was anthut? (Sie will ihr wieder nacheilen.)

Mehringer.

Da bleibst! Wann'ſ' an' Ehrgeiz hätt' oder g'habt hätt', hätt'ſ' in dös Lumpenwirtshäusl nit hinein-g'heirat't! Hiaßt af einmal kann ihr's Geizen nach der Ehr' nit 'kommen ſein.

Wawerl (ihre Hände faltend).

Herrgott im Himmel, ſteh' ihr bei; heiliger Schuß-engel, verlaſſ'ſ' nit!

(Man hört an der Thüre klopfen.)

Mehringer.

Herein!

Dritter Auftritt.
(Mehringer, ſein Weib und Michl Blochbauer.)

Mehringer.
Ah, der Michl, grüß' di Gott!

Michl.
Gelobt ſei Jeſus Chriſtus!

Wawerl.
In Ewigkeit, Amen.

Mehringer.
Was bringſt uns denn du, Michl? Mi g'freut's alleweil, wann i di ſieh', trußdem damalen aus der Heirat nix draus worn is; denn dei' Schuld is ja nit g'weſen. (Er ſucht auf dem Geſimſe nach einem Kruge.)

Michl.
Hat halt nit ſein wollen.

Wawerl.

Is eh' so, und wer weiß's für was's guat is.

Mehringer.

Setz' di nieder, Michl, i bring' dir au' Krug Wein, und du, Wawerl, leg' derweil a Brot vür. (Ab.)

Michl.

I bin ja nit hungerig oder durstig. (Er setzt sich zum Tische.)

Wawerl.

Wann ah, — an' Bissen Brot und an' Schluck Wein mag man alleweil gern haben.

Michl.

Is nit g'rab' daneh b'Mirzerl dag'wesen?

Wawerl.

Gott im Himmel, a Glück, daß'b' hiatzt kommen bist; sist höret mein Mann heunt nimmer auf vom Raisonnieren; denn g'rab' daneh hat er'j' bei der Thür' hinausg'stoßen, dös arme Kind, denk' dir nur!

Michl.

Saggrawold, ja z'wegen was denn?

Wawerl.

Bei uns, bei ihren eigenen Eltern da, hat'j' an' Unterstand suchen wollen, weil'j' die Bachwirtischen drin gar so mißhandeln, daß'j' nit g'nug Geld hineinbringt! Oder wirst öpper eh' schon alles wissen und g'hört haben?

Michl.

Halt ja; i weiß's eh' schon alles, was drin beim Bachwirt vorgeht, drum hab' i mir heunt denkt, weil

i d'Mirzerl doch noch alleweil gern hab' und sie mir
so viel derbarmt, wann's ihr doch derweil hätt's a
bissel an' Unterstand geben, s'is ja doch enker Kind.

Wawerl.

War' mir eh' recht, und tausendmal saget i dir
vergelt's Gott, wann du meinem Mann dös g'schickt
beibringen kunntest.

Mehringer (tritt taumelnd mit dem Kruge auf).

Was g'schickt beibringen kunntest?

Michl.

Wir reden da g'rad' von der Mirzerl wegen ihrer
schlechten Behandlung seitens der Bachwirtischen und
sagen, daß sie doch enker Kind war' und an' Heim=
gang verdienet. Oder hätt's denn ihr Heimgangsrecht
schon ganz verscherzt?

Mehringer.

Michl, was einmal g'schehen is in jeder Hinsicht,
kann ma' nit mehr ung'schehen machen; dei' Freud'
is hin, ihr Glück beim Teuxel und wir haben nix als
Schimpf und Schand'.

Michl.

Ah, i mein', 'sis g'scheidter, wir vergessen das alles,
was g'schehen is. Denn i hab' mir denkt, i kimm'
heunt da herüber, um enk und gleich dazu ah die
Bachwirtischen durch d'Mirzerl zu meiner Hochzeit
einz'laden. 'Leicht kunnt' ma' bei derer G'legenheit
oft gleich a vollständige Versöhnung zwischen enk und
den Bachtwirtsleuten ah herbeiführen?

Mehringer.

Was, du heirat'st? Michl, du heirat'st? War
nit aus!

Wawerl.

Ja wen denn? Und ganz in der G'heim? Wer
is denn die Braut?

Mehringer.

Und g'rad' zu dem Unglück', daß wir heunt schon
g'hört und g'habt haben, kimmst du, mit dem wir
so leicht a groß's Glück hätten machen können, und
kimmst noch dazu mit einer solchen Neuigkeit!

Michl.

Mein Gott, heiraten muß i ja doch und ledig
bleiben der Mirzerl wegen kunnt' i ja ah nit, weil
sie doch selber schon verheirat't is.

Wawerl.

Freilich, freilich kannst nix anders machen, und
deine Eltern wern halt haben wollen, daß'b' zum
Heiraten schaust, weil'j' selber schon hübsch alt wern?

Michl.

Freilich drängen'j' d'rauf, und gar d'Mutter.

Mehringer.

Schad', daß i di nit heiraten kann! Aber wer is
denn die Glückliche?

Michl.

Leicht zum verrathen!

Wawerl.

I hätt' kan' Ahnung! Wer war's denn oft?

Michl.

A große Feindschaft wollen wir halt in a große Freundschaft verwandeln; denn wir machen 's Unglück, was eben unseren Feinden einmal ohne mein'n Willen zug'stoßen is, mit derer Heirat wieder halbwegs guat.

Mehringer.

Was? D'Sefferl — wirst doch nit! — vom Traidhofer?

Michl.

Ja, g'rad eben d'Sefferl is's, und wir sein bereits in Allem einstimmig und guat Freund' miteinander.

Mehringer.

Michl, dös is mir völlig unbegreiflich und kann's nit derfassen.

Michl.

Sull ma' denn nit hie und da ah 's Böse mit'm Guten vergelten?

Mehringer.

I nit!

Wawerl (zu ihrem Manne).

Glaubst, andere Leut' sein ah so hartherzig wie du?

Michl.

Und mei' Mutter hat's ah a so haben wollen.

Mehringer.

Michl, wann dös wahr is, so seid's ös Leut' wie aus aner andern, helleren und reineren Gegend oder wie höhere Wesen; denn dös hätt' i nit z'stand' 'bracht! I nit! In enkerer Näh' wird am ja heimlich und warm; ös seid's die reichsten Leut' im Graben und doch nit neidig oder stolz, aug'sehen aber nit hoch=

g'jehen, stark an Kraft wie aus Eisen und doch voller
Güten, mit einem Wort' i sieh' heunt erst recht, was
wir mit der z'ruck'gangenen Heirat damalen an enker
Freund= und Verwandtschaft verloren haben! Drum
muß i dir sagen, so gern als i d'Einladung zu
deiner Hochzeit annimm', — 'sis ja zu unserer Ehr',
— aber von aner Versöhnung mit der Mirzerl und
den Bachwirtischen, darfst mir heunt af das, was i
hiatzt derleben muß und g'hört hab', schon ka' Wörtel
mehr reden.

Michl.

I hab' mir halt denkt, wann i den Traidhoferischen
vergeben kann, trutzdem'j' mi damalen ung'recht be=
schuldigt haben, daß i eahn Suhn derschlagen hätt',
um wie viel leichter kunnt's öz gleich bei derer
G'legenheit Frieden und Versöhnung stiften mit den
Bachwirtischen. Hätt' d'Mirzerl a schöneres Fort=
kommen, und was'j' an mir verbrochen hat, verzeih'
i ihr vom Herzen, denn sie büßt's eh mehr als g'nug
bei ihrem rohen und b'joffenen Mann ab, der mit
allen Mentschern herumschmiert, wo er nur eine find't.

Wawerl.

Hast wuhl recht, Michl, d'Mirzerl is g'straft g'nug
dafür, daß'j' dei' Hand damalen z'ruckg'stoßen hat;
derentwegen mein' i ah, wann du schon so guat bist
und die Bachwirtischen zu deiner Hochzeit einladen
willst, und sie kommen, hätten wir oft a leichte Art
zur Versöhnung.

Michl.

Ja, i lad'j' ein, freilich nur der Mirzerl z'Lieb, nit öpper eahnertwegen, aber wo is denn d'Mirzerl? Is'j' draußen im Garten oder im Hof?

Wawerl.

Ah, davong'jagt hat'j' mein Mann eben daneh'!

Michl.

Aber Mehringer=Vetter, wie könnt's denn nur so was thun?

Mehringer.

I kann ihr nit verzeihen. Sie hat uns zu viel an'than! Mehr hätt's schon nimmer sein können.

Vierter Auftritt.

(Vorige und Sefferl, welche mit der Thür nahezu in die Stube fällt und athemlos kreischt.)

Sefferl.

Mehringer=Leut', ös sollt's g'schwind zum Sag= Simerl hineinkommen, d'Mirzerl is bei der Wehr' ins Wasser g'sprungen und dertrunken.

Wawerl.

Gott im Himmel! (Fällt ohnmächtig zur Erde.)

Mehringer.

Um Christi Namen willen! (Läuft mit der bloßen Zipfelmütze auf dem Kopfe durch die Thür ab.)

Michl
(rasch den Hut nehmend und dem Vorigen nach).

Maria und Joseph, bleib' da derweil, Sefferl, bei der Mutter und lad' sie! (Ab.)

Sefferl

(nimmt rasch ein Handtuch, gießt Wein darauf, wäscht damit die Stirne der Ohnmächtigen und richtet sie auf).

Mehringer=Mutter, müßt's enk nit so viel kränken; unser Herrgott hat'j' derlöst von dem Wildling, dem Bachwirtischen.

Wawerl (wie im Traume).

Is eh' besser und g'scheidter — so; g'rad' winkt'j' mir nochmals mit an' freundlichem Lächeln — den letzten Abschiedsgruß zu. P'füat' di Gott, Mirzerl! (Vollends zu sich kommend.) Du bist ja ihr Schulkameradin g'wesen, Sefferl, und ihr Freundin blieben bis af'n heuntigen Tag?

Sefferl.

Drum thut's enk trösten, Mehringer=Mutter. (Sie führt dieselbe zu einem Stuhle.) Es geht bald vorüber und Gutes hat so ka' Mensch af derer Welt.

Wawerl.

Dö arme Mirzerl! Aber dank' dir Gott, daß'j' hiatzt doch noch ihren rechtmäßigen Heimgang g'funden hat; denn sie wern'j' doch heraustragen und da aufbahren?

Sefferl.

Mein Gott, sie is hiatzt glücklich, und der Pfeifer von der Sierning sull von heunt an seine Finger blasen vor Hunger und Kälten, g'statt sei' Klarinett.

8*

Fünfter Auftritt.

(Wawerl und Sefferl; Traidhofer, Sag-Simerl und sein Weib Jula, später Michl, schließlich Mehringer und Andere, welche nachdrängen.)

Traidhofer.

Wo is denn der Mehringer?

Sag-Simerl.

Sei' Kind is dertrunken!

Jula.

Sie liegt bei mir drin im Stüberl!

(Rasch nacheinander.)

Sefferl (unwillig).

Wir wissen's eh schon, derschreckt's uns nit noch mehr!

Michl.

Sefferl, d'Mirzerl is richtig dertrunken! Leider Gott, alle Hilf' is vergebens!

Mehringer
(leichenblaß zur Thüre hereinstürzend).

Mutter, — wir sind um unser gutes Kind ärmer worn!

Wawerl.

Dei' Willen is in Erfüllung 'gangen. (Fällt in neuerliche Ohnmacht und stirbt.)

Mehringer (zusammenbrechend).

Maria und Joseph, mei' Willen is bös nit g'wesen!

Sag-Simerl (beiseit?).

Aber sei' Dickkopf!

Traidhofer (beiseite).

Und 's vierte Gebot hat er verschandelt!

(Der Vorhang fällt, Ende des Stückes.)

mehr ein: sogar des Dichters endgiltigen Eintritt in dasselbe
verschweigt sie schmollend. Und gerade hierin unterscheidet sich
Hauer zu seinem größten Vortheile von jenen stadtgebornen
Bauernhöhnern, welche so gerne die Stadtverhältnisse in einem
schleißigen Land-Dialekte und nach der Auffassung ausgesuchter
Dorfcretins carikieren und derlei als „ländliche Naivetäten"
auf den Büchermarkt bringen. Nur einmal konnte sich's Hauer
nicht versagen, in dem Gedichte „Dau Zoacha für viele" die
bäuerliche Bigotterie in der Stadt durch ein caudinisches Joch
zu schicken, weiß ihr aber sofort gutherzig ein Trostmittel zu finden.

Aber alles Andere, was uns das „Edelweiß" sonst
vorführt, versetzt uns strenge in den Siedinger Bannkreis.
Daß der verspätete Wirtshausgast auf dem Heimwege ein
astronomisches Gesetz begreifen lernt, welches er früher dem
Schulmeister nicht geglaubt, daß die Bäuerin in der Apotheke
des nahen Marktes sich blamiert, daß der vorgeschrittene
Schulbub der alten Aera in die nächste Stadt zur Prüfung
fährt, daß das Dirndl vor, während und nach der Schlacht
eigenartige, kurzathmige Stoßgebetlein verrichtet, führt uns zwar
über das Alltagsleben. aber nicht über den Gesichtskreis der
Siedinger hinaus. Vielleicht hat für den Dichter selbst ein
Siedinger Dirndl ein ähnliches Gebet zu beten gehabt, als er
anno 1878 in Bosnien war.

Und doch wird diese enge locale Muse bei ihrer Wahrheit
und Treue überall heimisch anmuthen, soweit der österreichisch-
bairische Dialekt verstanden wird. Und wir wünschen dem
Dichter Glück zu dieser seiner Reise durch die Gaue des Heimats-
landes. Möge man sich überall an der rührenden Hirten-
kindlichkeit im „Kuihjerlliad", an den zarten Wahrnehmungen
über den Unterschied zwischen „Blauaugert" und „Schwarz-
augert", an den auch von Jungmair behandelten komischen
Episoden einer „Hauptschulprüfung" ergötzen und den Dichter
durch den ihm gebürenden Beifall zu weiteren Fortschritten
auf der betretenen Bahn ermuntern . . . . .

Hauers Reime sind fast ausschließlich echte Gehörreime,
nicht, wie bei so manchem „oberösterreichischen" Dialektdichter
aus Wien, bloße Orthographiereime, welche erst im Salon
durch virtuose Mund- und Rachenschnürungen des P. T.
Declamanten auch fürs Gehör zustande malträtiert werden
müßten.

Willibald Nagl

Weiters liegen von demselben Verfasser noch nachbenannte Volksstücke in Handschrift vor und stehen den P. T. Theater-Directionen auf Verlangen zur Verfügung:

Herrisch und bäurisch,
Volksstück in fünf Aufzügen.

's Badern sei' Goaß,
Bauernkomödie in fünf Aufzügen.

's Landsieber,
Volksstück in drei Aufzügen.

Der Köhlerthomerl,
Volksstück in fünf Aufzügen.

Der Erbneid,
Volksstück in fünf Aufzügen.

Der Almhof,
Bauerntragödie in fünf Aufzügen.

Der Johannistrieb,
Bauernkomödie in fünf Aufzügen.

Der Raubschütz,
Volksstück in fünf Aufzügen.

Der versetzte Herrgott,
Volksstück in fünf Aufzügen.

Druck von Kreisel & Gröger in Wien.